7

Jul.

有本事

冯唐 著

北京联合出版公司
Beijing United Publishing Co.,Ltd.

目录

CONTENTS

PART 1 财务自由，了解一下

PART 2 从请客吃饭开始成事

PART 3 如果还有最后一天可以活

PART 4 和好玩好看的人消磨时光

PART 5 一个人的乐园

PART

1

财务自由，了解一下

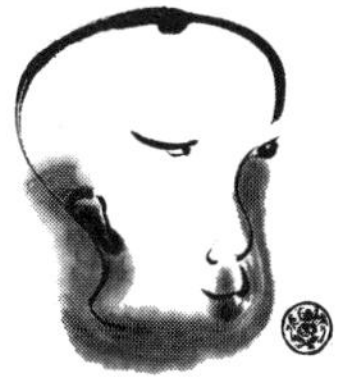

尽人力
天意随

财务自由，了解一下

作为一个词，财务自由一直被我周围的人谈论，似乎它是另一个更模糊的词的重要组成部分，那个更模糊的词叫“安全感”。

检点四十岁前，我似乎很少盘算我挣了多少钱、净资产多少钱、达到财务自由还需要多少钱。四十岁前我还带着我学医时的理念，我还是一个手艺人，把手艺修到顶尖，自然会有口饭吃。当被年轻人逼问职场经验时，我反复强调的也是，三十五岁甚至四十岁之前，找工作第一看跟着谁能学到什么，一定不要看薪酬，薪酬随行就市、基本符合市场常规就好。因为学手艺太累，一直缺少睡眠，反而在三十岁左右常常遥想在四十岁退休。那时候也在写一个专栏，唯一涉及财务自由的文章是《挣多少钱算够》，二〇〇〇年左右预期二〇一〇年退休，如果有了房子，再有一千万元现金，够了。现在看，也不算太离谱。

站在生命的中点看生命的终点，财务自由到底是什么？

先摸底线：一个人基本像个人样儿地活着，需要多少钱？我的结论是：真不需要太多。

有了财务自由，没必要再为稻粱谋了，如果自己乐意，干点让自己爽的事儿，这个事儿应该还能给你点收入，如果自己不乐意，那就待着，你就会有大把的时间。我要是有了大把的时间，基本像个人样儿地活着真不用太多钱。

反正不是出席活动或者开商业会议，衣柜里的旧衣服应该够穿二百年。我爱吃煎饼，楼下有个煎饼摊儿，各种奢华煎饼配料、加料组合几十种，加蛋加肠加辣条加宇宙的最高级煎饼十五块一套，这样，吃完全部煎饼套餐组合，一个月就过去了。另外，还可以不吃饭或者少吃饭，听说断食和轻断食都是上流社会永远的时尚。

在住的方面我运气比较好，因为在咨询公司工作时买股票有很多限制，很容易违规，我从来不买股票，很早买了房子。即使还没买房，即使北京房价很贵，我是住过十多年集体宿舍和很多次酒店的人啊，少存点东西，买个小小的房子也能生活。我问过一个很赞的建筑师朋友，一个人到底需要多少平方米的房子才能像个人样儿地住？他说，十二平方米。

没了那些必须准时到、准时开始的会议，也就没必要配专车、配司机了，五公里内快走，十公里内共享单车，二十公里内打车或者地铁，二十公里之外考虑一下是否今生真的一定要去。

有了时间之后，各种极致享受都可以负担了，比如找个没霾没风的天气去护城河边跑十公里，比如不计时间长短地看闲书（尽管这样，这辈子还是看不完所有想看的书），比如不上闹钟午睡，比如泡古玩店，比如在湖边和一个美好的女子一起喝凉啤酒看云彩，比如逛逛那些一直在书本上看过但是一直没时间去的博物馆。

后代们自己有自己的福分，相信国家、相信政府，不必给他们留下什么物质财富。我老妈这类父母通常是贪婪的，肉身已经衰老，但是心灵依旧年轻，依旧贪得无厌，希望不花自己的钱而得到一切最高品质的东西。我在和我老妈长期的斗争中渐渐意识到，满足这些老人不切实际的物质要求和让他们高兴完全没有关系，洒脱的早已成半仙，不洒脱的早已没有一丝一毫觉悟的可能。养亲以讨欢心为本，但是欢心和给钱没多少关系。

再探上线：一个人可着劲儿花，需要多少钱？我的结论是：真没数，但是真没必要；欲戴皇冠，必承其重，绝大多数人的脖子没那种负重能力。比如只穿迪奥定制，比如用曜变天目盏喝茶，比如用北宋汝窑梅瓶插花，比如天天焚奇楠香，比如红酒只喝罗曼尼·康帝或者比自己年纪大的拉菲和拉图，比如天天吃鄂然捏的寿司和雪崴炸的天妇罗，比如每天醒来在床前看到一幅不一样的常玉或者赵无极的画，比如常年住在一个有五百多年历史的古堡，比如开一辆全球只有十辆的限量版跑车，比如第一批（如果不是第一个）去月亮旅行、去火星旅行。人类的基因编码很奇怪，有相当的自限和自毁设置。除非是古往今来屈指可数的混蛋，如果一个人真的这样生活，很有可能内心慌乱，自己都忍不住怀疑，为什么自己配得上这种生活，自己都忍不住幻想，这么过下去，劈自己的雷很快就会在路上了。

何况，用上千万元建盏喝茶的人很可能说不出建盏的美；天天喝康帝的人很可能分不清罗曼尼·康帝的真假或者理解顶级红酒真的妙处；天天吃鄂然或者雪崴做的食物很可能比天天吃各式煎饼套餐更容易厌倦；一个人住古堡的一个房间却要操心整个古堡的供暖和安保；从启动到时速一百公里只用了不到两秒就吓到了好几个北京街头骑电动单车的（尽管他们无照逆行，你撞到他们，你还是要负全责）；在从月球或者火星回地球的路上，你乘坐的第一代飞船很不幸出了第一代飞行器常会出现的引擎故障。

这样想来，财务自由在极大程度上其实和财务无关，还是和一

13　财务自由，了解一下

个人的心智洞明不可避免地纠缠在一起。

我现在有财务自由了吗？我摸了摸脑子、摸了摸心，还是不确定，就像我不确定我是否有了其他自由一样。

好智商、好情商不如好习惯

TC以及我的其他导师：

见信好。

我常常想起各位，想，各位此时此刻在干什么？人生一场，相遇不伤，都已经是很深的缘分，何况各位还能倾囊相授。

你们有两点非常一致。

第一点非常一致的是，你们统一认为我不是天才，不能不劳而获地在瞬间获取你们辛苦多年所得的学养、经验、见识和技能。尽管，在这点上，各位都错了。尽管，我不能让常人脱离常规的生死，我还是能早于一切我所知的常人看到彼岸，我还是比一切我所知的活人更知道把汉字码放到它们该在的地方，但是，我还是非常感激你们。成名要晚，太早知道某些事情，不是好事。

你们中的一个在医学院里教我用止血钳打结，说，如果你不够快，病人就会多流些血。我当时想的是，如果我愿意以及我必须，我可以练成东方不败，用手术缝线打结比所有女生用绣花线打结都快都好，但是，病人的生死似乎和打结快慢没什么相关。后来，我们几个一直在宿舍练习打结，本来应该摸女生肉身的手都去摸了缝线。后来，除了我之外的几个人都成了非常赞的外科大夫。

你们中的另一个在管理咨询公司里和我讨论客户面临的销售困境，问我："我们刚才聊的，你多长时间可以总结成一页纸？"我说："十五分钟。"他说："估计你要三十分钟。"最后他对了。后来，我在他的基础上，改进了对话技巧，我问我的小伙伴："你觉得你需要多长时间能交稿？"他说："十五分钟。"我说："好的，我等你。"

后来，医学院的老师也不强调我需要学习什么了，他们看到我和他们一样，一脸蜡黄，一脑门子踌躇，知道，校训已经传达到身心灵：如临深渊，如履薄冰。校训传达完毕之后，放手让这样的人去做事，不会出大差错。

后来，管理咨询公司的大佬也不逼我提前交稿了。死线就是死线，答应之后，死线之前，人没死，就一定会交稿。在这类管理咨询公司生存的诀窍是充分自虐：如果你不鞠躬尽瘁，别人如何愿意花那么多钱，那么信任你？

第二点是，你们都非常强调习惯。一室不扫，如何扫天下？一上街，你就遇上你以为的女神，你就丢魂儿，我如何把我的手包交给你？

我最初的理解是，你们不知道如何辨别天才，你们不知道如何迅速教会年轻人你们理解的最深的见识，所以只能强调习惯的重要性。后来我的理解是，最深的见识不是教得会的，侯门一入深似海，不悟，谁也帮不上。就算是上师，帮不了你转运，改变不了你的风水和你二 × 一样的另一半，能帮上的只能是培养你的习惯。

好些朋友带着他们的孩子在宇宙间晃悠，以为这些孩子是世间仅有的精灵和财富，不在这些孩子身上使尽力气就是不共戴天。如果我秉承我的导师教给我的智慧，我想说的是：第一，我们目光所及的孩子都是庸才、俗人、路人甲，这是一个统计学常识，天才一定是绝对少数，几十年、几百年出一个，为什么下一个苏东坡一定是你手边这个贱货？第二，如果你手边这个贱货真是苏东坡，你做什么或者不做什么都不会改变他一丝一毫，你何必着急和努力？曹雪芹一家凋敝，八大山人国破家亡，完全不影响曹雪芹是曹雪芹、八大山人是八大山人。

如果身为人之父母，一定要努力，那就克服自身的溺爱，培养这些孩子的好习惯吧（如果你不能培养你自己的）。

第一，守时。

生命其实只是时间而已，如果一个人不能管理好自己的时间，他其实不能管理好自己的生命。如果一个人屡次失去对于自己时间的控制，这个人距离全面失控不远了。

守时其实不麻烦，提前十五分钟到见面的地点就好。如果不能，就不要约。如果交通不好，可以提前一天住在第二天见面地点的附近。

第二，收拾。

你的秩序是你给自己的。你的烂摊子，你不收拾，谁来收拾？别人来收拾，你如何放心？

你写完字，画完画，喝完茶，点完香，其实，都没完。你有恢复一切如初相见吗？如果不能，你心里念叨什么一切若只如初相见？

第三，阅读。

如果不尽量读，你怎么知道之前人类总结过什么智慧和傻 × 之处？知之为知之，不知为不知，你在你骄横之时就显露了你的傻 × 之处，虚张声势，不敢认尿，但是毫无自信。在走向盲目自信之

19 财务自由，了解一下

前，在判断之前，先多读点书，世界上一定存在佞人，但是，一定也存在大行家。要谦卑，直到你通过阅读和亲尝发现他们的弱点。

第四，运动。

一病万事空。我们似乎总认为身体健康强壮是当然的，其实，病原常在周身，不病要靠修心和修身。

培养一个运动的习惯，持续做下去，就会有不同。有病，往往就没尊严。

二〇〇九年，中国台湾军方开始实行被媒体称为“亚洲最严”的体能测试标准：男性军校毕业生必须在 14 分钟内跑完 3000 米；2 分钟的仰卧起坐，满分 80 个，及格 43 个；2 分钟的俯卧撑，满分 71 个，及格 51 个。任何标准不一定有道理，但是，先找一个标准执行吧。

第五，家务。

自己的事情自己做，不给别人添麻烦。能做到这点的，在我的认知中，已经是贤人。如果在此基础上，还能帮助别人（包括父母）做些杂事，让别人的麻烦少一点，这个人一定是贤人中的贤人。

以上五个习惯，如果任何人类个体能有四个，就是超级人类；如果能有五个，就是超级未来人类。

人之患在好为人师，我今后一定努力管住我的一张嘴，不给足大钱，一定不往深里说。如果有人问却不给够钱，我不露齿微笑。

余不一一。

到底什么是“二八原则”

我在麦肯锡公司工作的时候以及离开麦肯锡之后，一直有人问我：授人以鱼，不如授人以渔，你能不能不告诉我制胜的战略是什么，而是告诉我如何制定出这个制胜的战略？当然，还有一些其他的问题，比如：如何同时多任务工作？如何长时间劳作还能保持体力？如何长时间耐烦还能精神不崩溃？如何做一个估值模型？如何预测现金流？如何做一张 PPT？如何在半个小时里讲好三十页 PPT？如何写清楚一篇千字文？如何和一个 CEO 在三十秒内讲明白一篇万言书要说的东西？如何有效地开一个会？如何讲价钱？如何优雅地说不？如何面对一个自己实在不喜欢但是又不得不面对的人？如何带队伍？如何建立和维系一个相看两不厌的世俗关系？等等。

大家想知道的是方法论。但是，如果真要讲明白这些方法论相关的问题，很有可能需要写一本三百页的书；如果真要修炼成这些方法论相关的技能，很可能需要五到十年。如果根器不好，一辈子也没指望。即使根器再好，这些方法论和技能不是关于世界的哲学原理，不花一定的时间反复练习，没有对路的师父在一旁冷眼旁观、及时棒喝，也无法顿悟。这些方法论类似世俗的武功，想要掌握，没有捷径，没有类似禅宗佛法的顿悟，只有渐修之路。

在这些众多的方法论背后，有三个基本原则。这三个基本原则，如果你根器好，细细思量，是可以顿悟的。第一个基本原则是金字塔原则（结构化思维原则，这个我以前有文章写过），第二个基本原则是科学研究原则（包括假设、事实、逻辑推理的作用等等，这个我将来有时间会写），第三个基本原则是二八原则。

二八原则的简单定义是：花百分之二十的力气，实现百分之八十的效果。

先要说明的是，二八原则的目的不是帮助你偷懒。这个原则的第一目的反而是帮你成就更多。你花百分之二十的力气实现某件事儿百分之八十的效果，你花你剩下百分之八十的力气实现另外四件事儿百分之八十的效果，这样，你花百分之百的力气就能实现常人百分之四百的效果。这不仅是传说中的“事半功倍”，更是“事半功

两倍”。这个原则的第二目的是严格约束你不要恋战。“更好”很有可能是“好”的敌人，“完美”一定是“美”的敌人。如果你追求一个局部的更好甚至完美，你有可能花费巨大的资源和时间，从总体上看，这往往意味着总体的浪费和失败。这就是传说中的“打赢了战役，打输了战争”。

应用二八原则的时候，第一步，要明确你要在什么事情上达到什么效果，你要逼自己仔细想，想得越具体越好，并且拿起笔把它写在笔记本显要的位置，之后发生困扰时，打开笔记本，重温它。在世俗的世界里，人们太容易被潮流、情绪、天气、他人所影响，很多人做的事情和他们该做的事情无关，他们在该做的事情上的努力和要达到的效果也常常无关。

第二步，确定达到既定效果最重要的三个分析或者三个行动，在确定的过程中，充分利用最直接的信息来源（比如某个子行业有胆有识的专家的判断，比如你自己的直觉和常识）。

第三步，果断行动，不必纠结是否已经有了完美的方案，特别是在快速变化的情境中。如果纸上谈兵的节奏跟不上市场变化的节奏，那就先打，打了再看，看了打后的结果再调整。

第四步，在达到百分之八十的效果之后收手。抬头看路，大处着眼，重新审视，再次确定为了赢得整个战争，下面最重要的三个战役是什么。

纸短理长，很遗憾没有足够的字数让我多举几个例子。

遥祝多用二八，打赢战争。

跨界不伤胯

二十一世纪开始这小二十年和二十世纪结束那小二十年相比，人活得明显长了，生活节奏明显快了，一生一婚似乎有些不人道，一生一种身份和职业似乎实在无聊。有一种说法是，二〇三〇年，人类的生物医学科技就能做到让人类永生。即使不能永生，人类平均寿命提高到一百二十岁，如果二十出头初婚就从一而终，跟另外一个人类一百年不变地天天睡在一起，或许人类基因都会因此发生某种突变。如果从二十出头第一份工作就做煎饼，到生命尽头的一百年都坚守一个煎饼摊，他一定会成为他所在城市的煎饼之神。

可是，基因突变是绝对小概率事件，在任何一个领域里成神也是绝对小概率事件。如果平均寿命一百二十岁，估计我等俗众还是会更多地从二、三、四而终，还是会从事第二、三、四份工作或者培养一两个非常认真的爱好。这样，死后的悼词也可以像那些有大成就的老人一样神气：“今天，我们失去了一位老一代企业管理专家，一位杰出的煎饼大师，一位花道灵修者，一位创立新的元素周期表暂时失败者，一位国际著名旅人，一位为北京小动物、为保卫世界和平与促进各国人民的友谊和文化交流做出了积极贡献的政治活动家和国际活动家。此刻，我们的心情非常沉重和悲痛。”

为了配合这一不可逆转的人类趋势，最近出现了一个新词：斜杠青年。我也被群众揪出来做了斜杠青年（如果不是中老年）的一个代表。具体的表达形式是这样的：冯唐，诗歌圈公认不是诗人的著名诗人/自带被黑流量的油腻的汉语创造者/被老翻译家一致唾弃的英文译者/颠覆三观的情色小说家/高古玉器和高古瓷器痴迷者/《资治通鉴》研读者/战略专家/妇科肿瘤研究者/医疗创业者和医疗变革活动家/一级市场投资者/书法圈公认不会写毛笔字的书道爱好者/饮者。

年近半百之后，这些斜杠被戴多了之后，我也常常被问起：是如何做到的？如何做到跨界不伤胯，不扯伤蛋？我细细思量，简单坦诚，总结三点如下：

第一，专一。看上去像悖论，但是我认为，如果真的想做出跨界成就，首先需要在某个狭窄领域精进，最好修炼到百分之九十九点九九的人类所不及的程度。其实，很多黑我的人不了解的是，我是个修炼很深的战略专家（实事求是地不装不自恋地说）。认真研究卵巢癌已经是二十年前的事儿了，而且也不过是在协和八年最后的三年中。但是这之后的二十年，无论是在麦肯锡做战略咨询顾问的九年、华润集团做战略部总经理的数年、华润医疗创业的数年，还是做一级市场投资的这近三年，平均每周工作九十个小时，其中百分之八十的时间是在思考、分析、制定各行各业和组织的战略：愿景是什么？使命是什么？价值观和初心是什么？中长期目标是什么？在什么地方竞争？商业模式是什么？在保持初心的前提下，如何挣钱、多挣钱、持续性地多挣钱？核心组织能力是什么？如果没有，如何补充？需要哪些资源？如何去得到？在战略规划这个领域，做过乙方（咨询顾问）、甲方（企业），也按照自己制定的战略创过业，见过猪跑，吃过猪肉，也养过猪。

第二，学习。跨界意味着要离开自己感觉舒适的领域，来到一个陌生的领域，还要和另外一些这个领域的专家、大神合作或者竞争，能仰仗的终极利器就是学习。仰仗在自身专业领域成为专家的过程中练就的学习能力，仰仗二八原则，认真搞明白一个新领域里的最核心的三十个专业术语，读一本此领域里的经典教科书，缠着问两个此领域里的真明白人一人一百个问题。如果有条件，在新的

觀星
看山
听雨

领域中找到一个能给你实际帮助的导师，不需要占用他很多时间，真困惑的时候，再思考一下，如果还不明白，去问导师，往往在见识上容易突破。

第三，勇敢。尽管有很多成语和古典智慧可以壮胆，“他山之石可以攻玉”“触类旁通”“治大国若烹小鲜”，但是一个实事求是、心智正常的人刚开始跨界，难免心虚。你已经是某个行业的顶尖专家了，你也埋头学习了核心知识和技能，这个时候，你需要的是，胆！胆！胆！喝三大碗酒，去景阳冈打虎！尽管你不是打虎的专家，但是你是武松啊，也经过了潘金莲的考验。商代巫师们在龟甲兽骨上刻字之前，他们也没练过王羲之的《兰亭序》。《诗经》里很多诗人写诗之前，他们也没读过《唐诗三百首》。革命先辈们在延安规划抗日战争和解放战争的战略之前，他们也没在麦肯锡工作过很长时间。

我的投资三原则

讲讲我的投资心得。

需要提前说明的是，我的投资心得或许严重被我的背景所影响：年近半百，成长于中国改革开放最快、最粗放的年代；战略管理顾问近十年，大型企业集团投资组合管理数年，大型企业集团平台上创业医疗健康企业数年，近期专注投资医疗健康一级市场（不是股票市场)。一孔之见，一家之言，供各位参考。

第一，公心无我。

在我漫长的职业管理人生涯中，我见过太多投资失败的案例。幸亏我们处在一个人口超级大国兴起的过程中，太快太好的增长掩盖了太多太蠢的投资决定。圈了一块地，毫无作为十年，忽然发现，比做什么都好，地价涨了十倍。即使在这样一个时代，还是有一些蠢到超乎正常人类想象的投资失败案例，好些大型企业集团的资产管理部都该在前面加两个字，叫不良资产管理部。然而，即使在这样一个时代，我还是见过个别投资人，从不失手——别人赚的时候，他们赚得多些；别人亏的时候，他们不赔。

我坦诚问过其中我最崇拜的一个老哥：“您投资的秘诀是什么？”老哥也坦诚答我：“公心。秉着一颗公心，时刻提醒，关键时忘记自我。”

我没追问，但是细细想了，这句话里至少有两层含义。第一是公心。天下为公，投资花钱的时候，不要想一己私利，比如在花钱过程中如何自己挣钱，比如在花钱过程中如何施恩图报，比如在花钱过程中如何逞一己私欲。第二是无我。即使这个投资项目已经跟了两年多，即使和上下左右都夸过海口，在最后签约之前，如果有足够信息让你停下来三思而后行，停！克服自己，克服惯性，不要怕麻烦。在这样的场合，事儿大于人，至少大于你的自我。

第二，不贪便宜。

一种是按市场合理价格甚至比市场合理价格稍高些的价格买一个优质的标的，一种是按低于市场合理价格甚至比市场合理价格低很多的价格买一个一般甚至有瑕疵的标的。如果你有选择，永远选择前者。前者让你闹心的时刻只是在付款的一刹那，之后都是开心。

怕什么就做什么

冯唐书

后者让你开心的时刻只是在付款的一刹那，之后都是闹心。

特别优质的东西，有它自身的道理。作为投资人，你帮它排解一些零星的困扰，它就会像一棵好苗子一样自然茁壮。

反之，亦然。

第三，以人为本。

这句话似乎全宇宙全黑洞全次元都在说。但是，其一，这真的是真理。人口驱动增长，不然的话，难道是鬼神驱动增长（即使是，也是人信鬼神才驱动的增长）？中国真正的核武器、撒手锏、必杀技，不是别的，而是十四亿勤劳、勇敢、想挣钱过好日子的人民。其二，不是说这句话的人都知道自己在说什么。你深问几个问题，多数人就答不出了：你的客户是谁？他们呈现什么特征？他们在哪里？你如何找到他们？随着年龄增长，他们会产生什么变化？他们当中哪些人会流失？什么人会替代他们？你的商业模式要如何适应？

无论靠什么科技突破和商业模式创新，判断企业价值时，我们必须面对的是：如何赚钱（如果现在不挣钱，什么时候挣钱？你为什么这么认为？），如何多赚钱，如何持续地多赚钱？

人口的需求在变化，有时渐变，有时巨变。比如，我们七〇后几乎不买正版软件，如今的九〇后几乎不知道盗版软件是什么，这对于 B2C 业务意味着什么？比如，如今，很多企业必须面对的第一战略问题是：如果人类平均寿命很快提高到一百到一百二十岁，商业模式应该如何变？

祝各位开心投资，让世界更美好。

如何看病

我们的医疗充满了各种问题。各种改革思路河东河西、左试右试三十年，每年都取得伟大的胜利和惊人的成就，但是问题似乎并没有减少，看病依旧难、看病依旧贵，大城市里的公立三甲大医院还是人满为患，恍惚天灾，恍惚战时。

充满问题的医疗环境期望医生在医术上物美价廉，在医德上超凡入圣，献了青春献终身，献了终身献儿孙。不能免俗的一些医生也呈现各种吐槽点，奇葩朵朵开。我一个同班同学毕业之后一直留在协和妇产科，在我的印象里，他是一个极其少见的品行无可挑剔的好医生，我毫无保留地相信，他永远会把病人的利益放在他自身利益之上。他是最早一批没忍住离开公立三甲大医院的。他总和我说，要以患者为中心，提升患者就医体验。我没忍住，我说你去洗手间，对着镜子，把镜子当成女病人，你试着笑一笑，经过这么多年公立三甲大医院的磨炼，你看看你还会笑吗？

不是说我们的医疗和医生没问题，但是他们的问题不是这篇小文的重点。如果假设我们的医疗和医生不会在中短期内有明显改变，病人各种吐槽没什么用，那么，在这个不完美的就医环境中，我们应该如何看病？

虽然我不做医生很多年了，隔三岔五还是有很多朋友问我各种医学问题，寻求诊疗建议，寻找靠谱专家。长时间冷眼旁观，我看到求医的一些普遍误区，我也访谈了几拨医生朋友，问他们最不喜欢的病人都什么样儿，他们说了些平时打死都不会说的真心话。特总结归纳看病常识如下：

第一，要尊重大自然的治愈能力，要相信自身的康复潜能。尽管科技高速进步，如今最好的医生能做的也只是：偶尔治愈，常常缓解，总能安慰。自然伟大，人类百分之八十的不舒服会自愈，我们要学会适度耐心等待。人体伟大，最好的药是自己的灵与肉，多数的小伤痛和低烧睡一两个好觉也就好了。所以有一点点不舒服，在排除了心梗、中风、胰腺炎、阑尾炎等急重症之后（当然，如果较真儿，这个急重症单子因人而异，需要您信任的全科医生帮您确定），不要马上就往医院跑，多喝水，多休息，放下手机，放下心中那些似乎放不下的所谓大事儿，等等看，看症状是否缓解。这条也适用于儿童，儿童的自愈能力往往强于成人。

第二，请遵从医嘱。看医生之后，治疗失败的最大原因是不遵从医嘱。一旦开始吃抗生素，吃满医生要求的天数。一旦开始吃降压药，按照医生说的剂量和频次吃。身边惨痛的例子太多了，不一一列举了。

第三，不要总觉得自己的病没好。如果纯从挣钱的角度看，女人和小孩儿是最好的病人。女人总觉得病根儿没除干净，还在自己的身体里，像阶级敌人一样顽固，自己孩子的病更是。男人相反，总觉得自己没病，几乎唯一的例外是得了性病之后，总觉得自己尿急、尿频、尿痛。这种心态遇上好医生，给好医生添麻烦；遇上坏医生，给坏医生过度医疗的机会。

第四，自学一点基本的医学知识。常见的常识错误包括：乳房不舒服去看妇产科（应该去看乳腺外科），磁共振成像（MRI）有辐射（其实没有），妇产科男医生没有好的（其实有的，就像很多优秀的厨师和裁缝是男的），等等。如果想系统学习，建议看一本《内科学》教材和一本《外科学》教材。如果不想花那么多时间，建议经常看看微信公众号“东单九号院”发布的靠谱的医学科普文章。

第五，不要过度迷信名医。现代医学的分科很细，院士或者主委级别的医生也只是他们那些细分领域的大专家，在那些细分领域之外，他们可能不如某些副教授或者主治医生。复杂手术需要很强体力和心力，如果有选择，还是别把自己的肉身交给太高龄的医生，哪怕他名满天下。

第六，适度闭嘴，把问诊的主导权交给医生。“最烦的是，上来就滔滔不绝，不得要领，医生忍无可忍插句话或者提醒一下时还指责你不让她说话。”

第七，不要过分激动，淡定，慢慢在医生的引导下阐述自己的病情。“上来就哭哭啼啼求救，你什么都不告诉我，我问你，你也不回答，我怎么救你？”

第八，不要认为可以通过国内搜索引擎和阅读而成为某个病种的大专家。医生问诊的时间有限，不要让它花在更正你对某些医学知识的误解上，更不要让它花在教你如何做诊治上。多问问：这个异常意味着什么？问题严重吗？我有哪些选择？利弊是什么？我该如何选？这么选有什么可能的风险？有什么办法可以降低这种风险？另外，中药也是药，中医也是一门学问，植物药也要面对土壤、水、空气中可能的污染，不建议有事儿没事儿自己按照自己的理解、自学和百度找药吃。

第九，不要强索医生的手机号码，不要强加医生的微信。医生

有权不把某个病人当成亲朋好友，也有权在诊疗之外的时间不回复你的问题。

第十，不要觉得医生都是骗子。尽管有个别医生的确是骗子，然而已经选择了某个医生来看病，还是先选择相信他吧。也要相信他，如果他是个好医生，如果他处理不好你的病情，他会帮你找到更合适的医生。再有，既然选择了某个医生，就不要逼着他帮你证明其他医生比他更好。“‘大夫，某某医院的某某专家怎么样？’哇靠，你如果觉得他好，你来找我干吗？”

医生不是万能的，病不是都能被治愈的。信任是看病的基础。在这个诚信不足的就医环境里，我们最好的就医方式还是谨慎地选择相信医生。

常识救命

我被一篇《流感下的北京中年》刷屏，读完夜不能寐，为逝者默哀，为生者祈福，为医者加油。

尽管生死有命，但是学医的人深知，医学、医院、医生不过是在无限玄妙的生命中延缓向死而生的时间，可能是一天，可能是很多年，也可能只是短短一秒。

系统就是系统，个体就是个体，常识救命。可惜的是，常识并不常见。挑了些常识下笔，只为了能读到这篇文字的人可以通过这些常识救自己和身边的人。医者仁心，度己度人，但求每个家庭都少一些悲伤，多一些生机。

1. 矛盾：南方和北方的矛盾是不可调和的，教育水平和宗教信仰的矛盾也一样。更简短一些说，任何个体的根本矛盾也一样。

2. 中庸：人不要太拧，多数时候（特别是在严酷环境里以及想多乐活的时候）不要太由着自己性子干，不要总跃跃欲试斗天斗地斗空气。比如，少信莫名其妙的养生，少吃莫名其妙的补品。比如，根据自己冷暖增减衣物。

3. 个体：一个屋顶下，最好只有一个最后决策者，如果因为生活琐事产生矛盾，协调不了，都归她/他定。如果无法在一个屋顶下，最好分开各自过各自的。因为生活细节不合但是非要一起过而造成的人间惨剧远远多于因为三观不合但是非要一起过而造成的惨剧。如果不想过，但是不得不在一个屋顶下，那就把相处的规则谈谈清楚，写下来，贴在墙上。一旦产生矛盾，随时参考。(对于多数人类，用鞋底子抽根治不了牙痛，光膀子坦诚面对冬天不能增强抵抗力。)

4. 孩子：最好不要让自己的父母辈带，否则难免纠缠和纠结。

5. 早治：有些增强免疫力、对抗感冒的药，有些能缓解早期感冒症状的药，已经证明对广大人群有效而且副作用很小的，尽早吃。

6. 喝水：如果实在不愿意吃任何药，使劲儿喝水吧，不要嫌去厕所麻烦。

7. 传染：感冒是能通过空气传染的，无论是细菌性的还是病毒性的。打喷嚏时，尽量捂着嘴，别冲着别人。打很多喷嚏时，戴口罩。

8. 缓解：如果处理得当，病前基本健康的人三到五天会缓解。给医生和药物一些信任，病来如山倒，病去如抽丝，药物和自身免疫见效，需要一些时间。但是，如果三到五天还是不见明显缓解，需要找更有经验的医生看看，看看诊断是否准确、治疗是否得当。(男性倾向于怕麻烦，总觉得自己没事儿；女性倾向于自怨自怜，总觉得自己的事儿很大，过犹不及，注意平衡。)

9. 危险：人体的抵抗力通常很强，但是也有抵抗不住的时候，甚至有兵败如山倒的时候，哪怕小小的感冒也会转肺炎、多器官衰竭。对于感冒的这种进展，长期抽烟的人尤其要注意。

10. 市场：目前医疗服务市场作为整体还不是一个市场化的市场，之后很久也不会。这个事实或者判断意味着，很多需要找医生的时候，你需要抓起电话找熟人，即使是在改革开放四十年之后的二〇一八年。这个事实或者判断意味着，你三十五岁之后，需要多认识几个医生朋友，请对他们好一些。

11. 免责：目前医疗服务市场作为整体还不是一个市场化的市场，之后很久也不会。这个事实或者判断意味着，有些公立医疗系统的第一动力不是创造价值而是免责。别去和这个系统内的个体较劲儿或者为难他们，哪怕她 / 他是院长。

12. 学科：我们的医疗体系演进到今天，形成了一些总体学霸、专科学霸、巨无霸，存在即有一定合理性，任何个体病人或者医生都撼动不了这个现实，所以，请面对它。（具体排名、口碑、真实情况就不一一阐述了。）

13. 未知：现代医学演进到今天，即使抛开中医不谈，还远远不是一个严格意义上的科学，有很多未知。比如，我们并不完全知道，SARS 如何来的以及如何去的。

14. 找床：过去四十年都没有一个非常明晰的系统，现在也没有。将来，呵呵。

15. 新药：除了私运和私用，我们过去近七十年不能合法用上最新的药物，现在也一样。

16. 学医：很多有大病就医体验或者陪诊体验的人慨叹，不能让孩子学医。放心吧，抽样调查显示百分之八十的医生已经不让孩子学医了。放心吧，协和能从北京、上海、江苏、浙江等高考省市挑状元的日子已经一去，不知道何时能复返了。

17. 费用：有些医疗费用是不在医保范围内的。医保并不能保一切。

18. 交流：和患者及其家属交流很可能应该占据医生一半以上的时间，但是现在的系统里做不到。

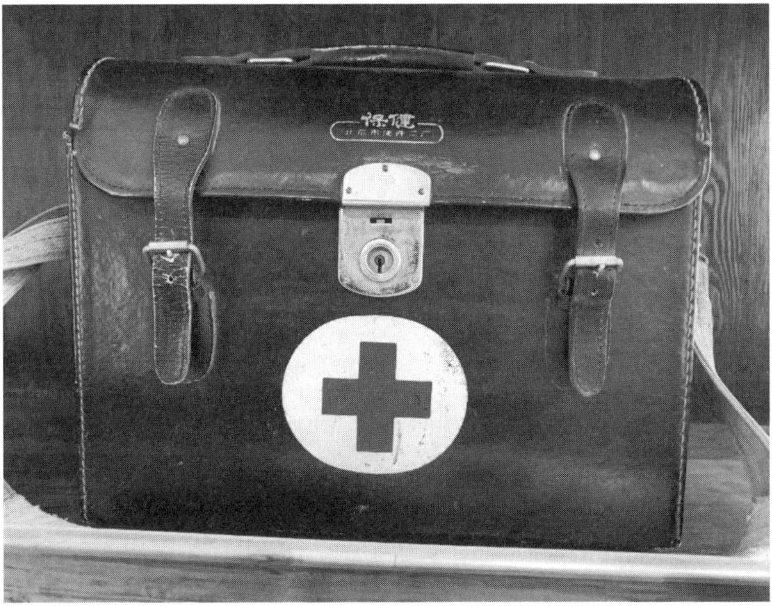
保健

19. 保险：健康险的大问题不是卖不出去，而是因为没有准确而完整的大数据无法为产品定价，而是因为诚信问题而被反向购买，而是因为诚信问题被非承保客户盗用。

20. 遗嘱：四十岁之后或者身体有明显不舒服之后或者创业之前，还是找个律师立好。又，和关系最近的有签字权的人说好，在现代医学条件下，你想被治疗到什么程度？〔在你威胁（“如果你在我无法自由表达我意志之后，不照着我之前的意志办，你现世和来生会如何如何”）和你关系最近的有签字权的人之前，你最好找个靠谱的医生帮你定义一下你想被现代医学治疗到什么程度。〕

21. 遗体：太平间不一定是殡仪馆必需的前一步，但是像所有一切一样，证明还是最重要的，比如你如何证明你是你、你是你妈的儿子，比如你如何证明某个尸体已经死去。

22. 生死：人死之后，被做的一切都是给活人看的，而且受制度所限，难免不滑稽可笑。逝者为大，余不一一。有生必有死，花开花落，本一不二。

伏愿龙华三会，一时成佛。

压榨一下肉身的创造力

晋人干宝写了一部三十卷的《搜神记》，“考先志于载籍，收遗逸于当时”，想说明大地上奇奇怪怪的一些东西其实不全是瞎编的。陶渊明续写了十卷《搜神后记》，其中还收录了《桃花源》，有人说是伪托——在这里，求真似乎一直是个巨大的难题。我倒是觉得他长期在山里待着，赤裸下身行走，就着月光读书，住的洞穴里女鬼黑长头发一样地藤蔓缭绕，保不齐看到和摸到一些尘世里不太常看到和摸到的奇奇怪怪的东西。二〇一六年，我干了一件和陶渊明续写《搜神记》类似的事儿——在腾讯视频开了一个自己的视频栏目，就叫《搜神记》。

对于开不开自己的视频栏目这件事，我琢磨了好久。有名的那三四个视频平台都找了我，都说，现在没有一个自己的视频栏目或者 App 都不好意思在街上晃荡。

但是，我问：“我视频栏目做什么呢？”

他们看了看我这个怪物，又看了看我这个怪物，都说：“您想做点什么呢？”

在这个越来越没人读书的年代，我可能是最后一代写书的人。看手机、看视频的人越来越多，无论为了更多的传播还是为了理解现世，我似乎都该试试视频，尝尝梨子的滋味。但是，我撒了泡尿，照了照洗手间里的镜子，我凭什么能做视频呢？我家里没有电视。我在酒店房间里从来不打开电视。我从来不看手机视频。我不会唱歌。我不会跳舞。我形体笨拙如僵尸。我对着镜头就胆战心惊。我不会开玩笑。我曾经是个严重的结巴。我超级内向而且害羞。我长了一张隋代罗汉的脸。

我想来想去，决定还是和从前面对其他事儿一样，做自己，做真实的自己。让不让我做？由视频平台定。我能不能做好？我尽我的力气。我是个写小说的，我做视频，就做视频化我写小说的过程吧。不做视频，写小说也是以下流程：找到小说的人物原型，一个大神或者神经或者一个神经的大神，和他/她喝酒、扯淡、聊天，辨识和挖掘他/她最耀眼的人性困扰；再多喝喝酒、多扯扯淡，对这点人性困扰挖得更深些、再深些，收集些编不出来的细节；然后琢磨他/她的内在逻辑和人性常识，脑补他/她不愿意说的、说不清楚的、没意识到的；最后找个故事，把这个人性桎梏装进去。我和腾讯视频的 Tina 说，我想好了，我要视频化我小说创作的过程，这个栏目就叫《搜神记》，英文名就叫 *So Insane*。一季十三集，十三个行当，十三个 So Insane 的顶尖大神，十三种 So Insane 的技艺，十三篇 So Insane 的小说。每集里，神自黑、神搜神、神斗法。冯唐给你写小说，求真，敢真，真性情，真技艺，用文艺的力量直指人性的真。

我说："我好几年没做这么挑战自我的事儿了，我想再好好压榨一下这个肉身的创造力。"

拍摄第一集的前后就遇到了各种麻烦。

找嘉宾麻烦。有真性情、真技艺的大神往往深藏不露，名气太小，赞助商不喜欢。名气大的明星往往水分大，不敢真，不敢放开耍，没什么能放到台面上的技艺，和我要的求真、敢真不符。

凑时间麻烦。我每周一到周五都要全职工作，只能周六和周日拍摄。有时候，周末也不得不飞，而嘉宾常常也很忙。

制作团队新，和我完全没合作过，也不知道这个代号《搜神记》的怪物到底应该长成什么样子。

和从前一样，克服困难都是通过杀熟和耍赖完成的。我打电话给罗永浩和艾丹，说：“我要拍一个视频栏目，我需要你一整天的时间，你必须给我。”拍浩浩和丹丹的那两天，能出错的地方似乎都出错了，鸡飞狗跳，四处狼烟。但是拍完第三集之后，制作团队有了信心，我也有了信心，因为我体会到了创造的快感，体会到了私下里与浩浩和丹丹瞎扯、喝酒的快感。我知道我相应的小说应该如何写了，我看了看监视器里的我，长得似乎也不那么惨不忍睹了，竟然隐隐有了些诗人的清秀。

第一季的《搜神记》拍完了，收视情况超乎所有人的预期，但是我还是不知道如何介绍这个怪物。创新类访谈？另类综艺？人文纪录片？似乎都有点，似乎又都不是。我想起在《搜神记》里我和罗永浩比试商业演讲、和艾丹比试鉴别高古玉和老窑瓷器、和赵胤胤比试用声音打动小孩子、和一毛不拔大师比试如何在微博涨粉、和吕杨比试葡萄酒盲品，我们似乎用古人的方式一起度过了一些美好的时光。我想起了李白的《春夜宴从弟桃花园序》：“夫天地者，万物之逆旅也。光阴者，百代之过客也。而浮生若梦，为欢几何？古人秉烛夜游，良有以也。况阳春召我以烟景，大块假我以文章。会桃花之芳园，序天伦之乐事。群季俊秀，皆为惠连。吾人咏歌，独惭康乐。幽赏未已，高谈转清。开琼筵以坐花，飞羽觞而醉月。不有佳咏，何伸雅怀？如诗不成，罚依金谷酒数。”

PART

2

从请客吃饭开始成事

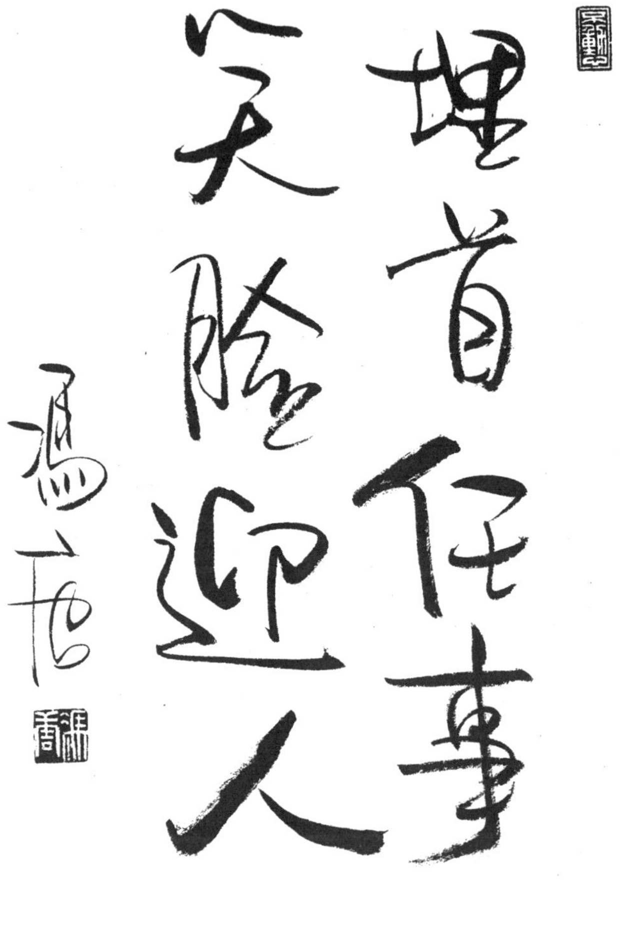
埋首任事
笑脸迎人

从请客吃饭开始成事

俗话说："画虎画皮难画骨，知人知面不知心。"一个人的心智如何，是善还是恶，是淡泊还是贪嗔，是明强还是拧巴，是坦诚还是曲折，很难有效判断。看简历很可能没用，看面相也基本扯淡，如果被访谈者受过很好的被访谈训练，深度访谈也很难真正了解到。哪怕我们放弃对于深层心智的解读，只想判断某人是否做事靠谱、是否能成事，也是有很大难度的，学历、血型、星座、面相、基因、生辰八字等判断依据常常失效。

"大处着眼，小处着手"，有时候可以用简单到白痴的手段来处理异常复杂的问题。二十年来在尘世里晃荡，我发现，判断一个人是否靠谱，最靠谱的方式是让这个人请一次客、吃一次饭。

在请客吃饭这件事儿上能做到基本靠谱的人在人群中的比例绝

对不到三分之一。二十年来，在请客吃饭这件事儿上见到的不靠谱的人和不靠谱的行为倒是比比皆是，奇葩争奇斗艳。

比如完全忘记的：微信或者短信通知我下周某天某时去某地吃饭，我按时赴约，等了一个小时没到，打电话过去问。“我勒个去，我全忘了，一干二净，我现在正陪我婆婆吃饭，听她分析之后十年到二十年国家往何处去。今天实在是不敢走开。下次，我一定安排好，再好好请您一次。”

比如记错日期的：下下周某天记成下周某天，提前一周到了；下周某天记成下下周某天，下周这天坐飞机出差去了；某月五日记成下周周五的。

比如不守时的：迟到半小时、一个小时、一个半小时、两个小时的。堵车？北京一年四季堵车很稀奇吗？交通管控？北京作为首都，作为政治中心、文化中心、国际交流中心也不是一天两天了吧？会议拖了？你参加会议或者主持会议也不是一次两次了吧？

比不守时更恶劣的不靠谱是临时掉链子。比如早上说，“昨晚睡得不好，今天想早点睡，晚饭改天吧”，“今天早上天气不好，云彩没有一朵长得像小白狗一样，心情也跟着天气一起变糟了，我没心情今晚吃饭了，抱歉哈”，“我今天感觉有点不舒服，晚上不想吃饭了”。对于这类理由，我内心的独白是：“祝福这些文艺男女，愿他们在他们文艺的世界里今生岁月静好。”比如提前一天说：“我明天添了一个紧急的会，我要飞趟上海。你也知道，人在江湖，身不由己，在中国做事，我们得跟着领导的时间转。实在不好意思，明天的晚饭不得不改期了。”对于这类理由，我内心的独白是：“如果一个人控制不了自己的日历，他还能控制什么？”这种临时取消第二天晚饭的事情发生在一个人身上三次以上，在中国，他很快被带走是个大概率事件。比如早上说：“今天晚上有几个朋友临时有事儿，来不了了，十个人改四个人，你和炸天妇罗的雪崴说一下哈。”我内心的独白是：“这个时候，雪崴已经一大早按照晚饭人数把新鲜食材买了，你现在取消，食材就浪费了，食材成本是单价的三分之一。我还会按照十个人吃饭的钱付给雪崴，这个人，从此拉黑。”

我最悲惨的一次饭局体验来自一个著名的小胖子。他人非常可爱，饭局上只要有他，没菜都是个非常可爱的饭局。一个冬天，他约我在冬至那天去南新仓大董吃饭。

“几点啊？”我问。

“六点左右吧。”他答。

“还有谁啊？”我接着问。

“都是熟人儿，小十个人吧。”他答。

“具体都是谁啊？谁的名字订的包间啊？包间号？手机尾号？”我再问，小胖儿再也不理我了。冬至前一天，我又问了小胖儿一遍，小胖儿微愠：“你这个人儿吧，其实也不是很坏，就是事儿多，所以大家难免会觉得你自恋。冬至晚上聚聚，老朋友们一起消磨一下一年里最漫长的黑夜，如果再下点雪，就更美好了，仅此而已，你哪儿那么多事儿啊。”

我没再问小胖儿了。冬至晚六点，我到了南新仓大董，天儿非常冷，门口儿全是人，我挤到领位小姐面前。领位小姐问：“谁的名字订的包间啊？包间号？手机尾号？”我一问三不知，报了小胖儿的大名、小名、手机尾号，领位小姐查无此记录。我打小胖儿的手机，没人接，再打，还是没人接。天儿真冷啊，也的确开始下小雪了，门口儿的人真多啊，很多人像看傻 × 似的看着我，其中有人号称是我的读者，亲切握手并合影。一个小时之后，小胖儿来了：“抱歉，抱歉，手机没电啦，你也才来吧？请，楼上请。晚来天欲雪，能饮一杯无？”

走进楼上包间，圆桌周围坐了八个人，其中有三个是我传说中的绯闻女友。我内心的独白是：“在这一年里黑夜最漫长的一天，我有可能活着走出这个包间吗？”

得志则 996，不得志则悠然南山

二〇一八年，中国在“文革”之后，改革开放了四十年。四十年来，黑猫、白猫、不黑不白的猫，不清不楚不畏不惧不等不学，摸着石头过河，油腻地抓老鼠。抓到很多老鼠的就是好猫，有名就好，获利就好，升职就好，不论出处，不管过程，不问东西，连散步都想着走捷径。四十年后，猫儿们忽然发现，老鼠不好抓了，大家也都油腻了，彼此再油腻一点、底线再低一点、再降维攻击，还是抓不到老鼠。

二〇一八年似乎是个转折点，连发展最迅猛的 TMT（科技、媒体、通信）都开始熄火，融资艰难、估值停滞。大家环顾四周，中国 A 轮以上的创业公司超过一万家，真正实现规模化盈利的创业公司不到一百家，绝大多数创业公司每天每周每月都在烧钱，继续生存都要靠下一轮融资。

二〇一九年年初，二〇一八年开始的开源节流压力压出一些改革开放四十年来从来没有过的事情，比如成规模裁员（包括高管）、减薪（特别是奖金）、小范围倒闭。有些偏极端的互联网公司坚定地提出 996，即每天从早上九点工作到晚上九点，每周工作六天。工作 996，生病 ICU，不能 996 工作的员工就不是好员工，就不配在公司存在，就和晋升无缘。

作为 CEO 或创始人，在公司层面上这样要求全体员工，要检查一下是否符合《劳动法》。即使符合《劳动法》，如果加入公司之前没明确 996 的要求，在资本寒冬到来，经济放缓之后，提出这样的要求，也有损道义。如果不符合《劳动法》，没有明确规定 996，但是 CEO 或是创始人话里话外、明里暗里提示全体员工，好男儿，996，好女人，996，“混日子的不是我的兄弟，混日子的不是我的姐妹”，也是欠妥。对于关键事儿，己所不欲，勿施于人，己所欲，没有别人明确的认同和同意，也勿施于人，否则近似强奸。

但是在个人层面，以 996 要求自己，这样过几年甚至几十年，不一定是坏事，甚至，有可能真是一种幸福。

最开始看到关于 996 的争论时，我心算了一下，996 就是一周工作七十二小时，我在心里默默回顾了一下我的前半生，如果把工作之前的读书学习也看成广义的工作，我过去四十年似乎没有一周不是996，很多时候，每周工作超过八十小时，个别时候907，每天从早上九点干到午夜，一周七天，一周工作一百小时以上。996有什么的啊？

我上大学之前，世界上还没有普通学生能用到互联网，电脑是个稀罕玩意儿，进电脑房要脱鞋换衣服，仿佛进的是手术室。啤酒很难买到，泡妞校纪不容，电视节目非傻即坏，没有娱乐，我就拼命看书，读到董仲舒，说他读圣贤书“三年不窥园”，心里充满蔑视，书中有足乐，“三十年不窥园”也绝不是什么难事。大学上了协和。协和医学院是我所知的中国唯一一所晚上不熄灯的大学。早上七点起床，白天上课，晚上自习，地下室是食堂，晚饭下午四点半开，十几分钟就能吃完，五点钟上七楼自习，很少凌晨一点之前回六楼宿舍洗漱睡觉。

第一份工作去了麦肯锡，一做九年。麦肯锡在入司时讲得很清楚，年薪制，根据业绩发年终奖金，每餐每个人有二十美金的饭补，出差坐公务舱、住五星级酒店，学徒制，由管理咨询的大行家当你的导师，结合最困难、最实际的管理问题，手把手教你解决问题的终极能力，助你修炼成无上管理智慧。但是，没有加班费，即使一周工作一百六十八小时也没有加班费。

九年里最深的印象就是觉总是不够睡，很多个早上总是纠结同一个问题：“再多睡十分钟还是冲下楼吃个十分钟早餐？”活儿实在干不完又实在困的时候，就去游泳池游个泳，清醒一下，然后接着干活儿。最长的一次，连续六十八小时没睡觉。中间有一阵困得不行，手扶着办公室的门闭了闭眼睛，怕坐下闭眼就睡着了，没注意手扶的是门框，一个同事随手一关门，大拇指狠狠地被夹到，一声惨叫，人彻底醒了，又癫狂地干了一阵活儿。活儿干完了，回酒店大睡九个小时，醒来，大拇指指甲盖儿紫了，两根鼻毛白了。

我问过我在麦肯锡的导师 TC，为什么这么苦、这么久我却不觉得苦？除了我天生一条劳碌贱命之外，除了我贪恋修炼成那个虚无缥缈的无上管理智慧之外，还有什么原因？

TC 反问我：幸福是什么？我想听他讲，于是摇头。TC 说：人的幸福是由两件事儿构成的，第一是做自己擅长而且喜欢的事儿，第二是和自己喜欢而且喜欢自己的人在一起。“你擅长而且喜欢解决复杂的管理问题，和你一块儿干活儿的人喜欢你，你也喜欢他们，你是幸福的，所以，你不觉得苦。简单说，你比较幸运，有机会在重活儿里修行。”

最大的必杀技是直接说我喜欢你

我习惯性地翻看《资治通鉴》和二十四史，在纸媒加速凋亡的当代，把这些史书观照现实来看，用大尺度的时间观照人性、佛性、民族性。中国史书的笔墨都集中在帝王将相上，特别是帝王上。这些帝王真是奇葩啊，放在一起就是一季超级奇葩大会。如果在这些奇葩里非要选千古一帝，我会选唐太宗李世民。

唐太宗李世民早年经历了多次必死之境而不死，让他很早就有了被天选的自信。武功上灭王世充、窦建德、刘黑闼，以及突厥，敢身先士卒、深入敌阵，也能纹丝不动、指挥战役；文治上充满管理常识，出身省部级官员家庭，不像刘邦和朱元璋一样或从市井或自赤贫，喜真、敢真，喜欢推心置腹，不喜权术诡计；不求很多妇女，娶了一个不干政的皇后，遣散了很多长年累月没有男人可碰的

宫内怨妇；不求靡丽珍奇，旧房子住很多年；有好几个极其能干的小伙伴——尉迟敬德、秦叔宝、魏徵、房玄龄，长时间尽情地活在天地间和俗世里。

李世民的自信和敢真奠定了唐代几百年真性情的基础，唯大英雄能本色，对天地、对人我、对灵肉、对是非，简单、坦诚、阳光，即使偶尔犯坏，都坏得敞亮，这在中国四千年文明史里独一无二。

敦煌出土过一份唐代格式化的应用文“放妻协议”，主要内容是：“凡为夫妇之因，前世三生结缘，始配今生夫妇。若结缘不合，比是怨家，故来相对……既以二心不同，难归一意，快会及诸亲，各还本道。愿妻娘子相离之后，重梳婵鬓，美扫蛾眉，巧逞窈窕之姿，选聘高官之主。解怨释结，更莫相憎。一别两宽，各生欢喜。”翻译成现代北京话就是：“两口子都是前生命里注定，要么亲家，要么冤家。如果真是冤家，三观不同，器官不配，就别互相怼一辈子了，生命苦短，来日方长，各回各家，各找各妈。你小样儿还那么水灵，赶快捯饬捯饬，洗个头，画个眉儿，再迷糊涂几个高官大款。散了，散了，大路朝天，各走一边，只生欢喜不生愁。”

唐代这种真性情的代表器物是长沙窑。技术创新，首先大面积使用化妆粉，大面积使用釉下彩。用途多样，百无禁忌：餐具、茶具、香具、酒具、灯具、法器、乐器，都有；儒教、佛教、伊斯兰教，都有。五色斑斓，大面积的牙黄和柳绿，惊艳的铜红色和亮蓝色。对于我来说，最有意思的是各种器物上那些直给的文字，书法基本都是自由自在、无法无天的民间书法，内容基本都是不知忌讳、天然无邪的五言诗歌。

那时候的女性不纠结：“男儿爱花心，徒劳费心力。有钱则见面，无钱不相识。”

那时候的男性偶尔瞎耍也心虚：“昨夜垂花宿，今朝荡路归。面上无颜色，满怀将与谁？”

那时候的情也缠绵：“君生我未生，我生君已老。君恨我生迟，我恨君生早。”

那时候的春更妖娆：“春水春池满，春时春草生。春人饮春酒，春鸟哢春声。”

忍不住对这些唐代长沙窑酒器、书法、诗歌的喜爱，开一支新笔，用一方唐代风字砚，抄写十四首，裱出一个册页。拟了个短跋：“唐大丰盛大器，故敢真、敢创新。长沙窑首创大量文字作装饰，字意直白，直指人心，字体随意，摇曳生姿，右录唐长沙窑诗句数首，心神一爽，冯唐于垂杨柳不二堂岁在戊戌。”

曾经有个小姐姐，喝多了之后，指着我鼻子质问我：“你总是号称流氓，你主动追过任何一个女生吗？对你这种伪流氓真闷骚，最大的必杀技就是，分完一瓶红酒之后，直接说：‘我喜欢你。’”在那一瞬间，我不知道如何接下一句，想起了写在一个长沙窑酒壶上的十个字：“不知春早晚，折取柳条看。”

人人都标配一具胴体

每个人出生时都标配一具胴体，我一直对我的胴体不错。虽然我几十年如一日动心忍性，一直让胴体在辛苦劳作里修行，但是，除了每年一两个极端情况以外，我一直不往死里用它，不连续熬夜，不连续酗酒，不乱滚床单，不暴食，不久坐，不放任心绪纠结，远离黄赌毒，特别是喝很多水，每晚入睡前，都背背唐诗、翻翻书，放一瓶人类饮用水在床头，夜里渴，随手抓过来喝。我的胴体对我也不错，几十年如一日，基本不给我添麻烦。上协和医学院的时候，协和医院就在楼下，但是没有一次因为自己胴体出问题去过。第一份工作在一家咨询公司，公司往死里压榨我的胴体，但是给极好的商业医疗保险，配眼镜都报销，哪怕镜框是卡地亚的，但是在公司的小十年里，我基本没用过，极少有的一两次是喝多了去协和医院洗胃。

所以我对我的胴体充满信任，仿佛信任和我从小一起长大的一匹蓝色战马，彼此不知老之将至。毕竟，我对自己狠，体重降回了大学毕业的时候，也锻炼，补前半生落下的体育课，跑三千米不到十二分钟，跑十公里不到五十分钟。对于老，我隐约感到过几丝恐惧。比如挤两个小时逛了整个号称伟大的购物商城，结果只买了一个冰激凌，舔着凛然着走出购物商城；比如拿到一整个硬盘的东瀛爱情动作片，淡淡笑了笑，继续开会到后半夜；比如走进一个会场，忽然意识到，在座的二十几个人在担心什么我都在一瞬间清楚了。

打马上山，放马归田，两股生赘肉，孤峰顶上再无上升之路？

一天酒后，没吐，退回酒店房间，反锁房门，挂上“勿扰”标识，我想好好畅快地看它五十页书，在物我两忘、神志迷糊的状态下入睡。我抓起行李箱里的《五灯会元》上册，看了一阵，想增加些趣味，右眼看，大好，左眼看，坏了！怎么都不能近距离对焦，使劲对了一阵，很累，拿起手机，只用左眼，又看了一阵，更累，去了趟洗手间，镜子里，左眼皮累出了很多层。

第二天早上，我在手机上问我协和眼科的师兄郑霖。他说：“花不花，四十八，你到岁数了，恭喜你，没夭折。”人类到五十岁左右，两边花眼都会到二百度左右，如果两边有类似的近视，恭喜你，

正好中和，后半生不用戴近视镜，也不用戴老花镜了，但是，通常人类没这么幸运，多数人类很幸运地活到老年，还是很不幸地要戴老花镜。

“如果只是眼睛累，我正好可以少看点手机和书。”我评论。

“不只是眼睛累，是你完全看不了手机和书。”郑霖师兄继续冷酷。

四年前，我刚从全球退回出生地北京广渠门外垂杨柳的时候，搬回了我所有的书。书全部上架，我还在慨叹，人生苦短，这么多想读的书，今生读不完了。今天突然发现，即使今生我有时间，胴体也没能力读这么多书了。我清楚记得我老妈曾花她一个月工资给我买的那本《辞海》缩印本，字小到人类几乎不可读，第一条就是一个“一”字。“一”字下面一个词条是：三尺微命，一介书生。我当时小，问我老妈，“一介书生”说的是什么意思。我老妈假装懂，和我说：“意思是说，你一个读书人，如果不读书，这辈子就没指望了。”

这本《辞海》缩印本还在如今的书架上，但是我的左眼似乎已经不能读书了，我第一次感到无比恐惧和老了。

我高中点蜡烛读书半年，近视了，后来一直戴眼镜，最近才享受了两三年不戴近视镜的好时光，又要面对戴老花镜的后半生？

我在微信上问我的医学院同学：小调查，活着活着就老了，迄今为止，你最大的感触来自哪里？

答案列举如下：

“我是膝盖，还有鬓角的白发。”

“买了一个假发套，五千块，有活动的时候就戴上，看上去好些。”

“戴花镜容易眼疲劳，短时间可以，长时间不行。”

“我作为一个不用显微镜的外科大夫，眼花会有挺大的影响，要戴花镜，或是头戴式的放大镜或显微镜，但不管怎样，手术后的眼疲劳会很明显。我当初如果刻苦读书，产生二百度以上近视，现在应该会好些。”

“看见年轻貌美的小姑娘不是 YY 自己和她滚床单了，而是想：这人做我儿媳妇可能也不错。”

“年轻时生着病也不会耽误吃自助餐，现在即使饿着肚子去四季酒店自助餐厅也没啥胃口。”

“年轻的时候躺下了，一个鲤鱼打挺就起来了，现在蹲下去能站起来就不错了。”

“年轻的时候从来不想：我老了会怎样。现在总是说：我年轻的时候如何如何。”

看到这里，我忽然释然了，岁月饶过谁？“花开满树红，花落万枝空。唯余一孕在，明日定随风。”

人生苦短，马拉松很长

我第一次知道马拉松是个什么东西的时候，我就认定，这是地球上有史以来最无聊的运动。

那时候我上高中，体育老师解释了一下马拉松运动是如何形成的。当时他一脸悲壮。当时我做了如下思考：

第一，要跑四十二多公里。对于正常人类，意味着把左脚放在右脚前面，然后把右脚再放在左脚前面。如是，六万多次。

第二，要跑三四个小时。旁观的正常人类总觉得在阳光下跑三四个小时的同类恍惚像条狗，还补给，还吃喝，还口眼歪斜，还想东想西，还真不如狗。

第三，第一个跑马拉松的人，告诉雅典的老少乡亲，打了胜仗。然后，关键是然后，他死了。然后，雅典的阳光依旧耀眼，狗依旧到处跑。

如果性交要如此悲剧，人类早就灭亡了，所以我在高中的时候就断定，马拉松和我没有任何关系。

四十岁之后的某一天，我忽然遇上一个很帅的瘦子，我叫不出他的名字。他说：“我是阿信啊，我们曾经同事。”

我使劲儿想：“你原来不是个龌龊的胖子吗？”

他说：“我跑了很多马拉松，然后我每次过海关都要解释，护照照片上的胖子就是我。”

后来莫名其妙反复见到阿信，他每次都说马拉松。我实在烦了，定下一条原则，每次只给他十分钟说马拉松这件事儿。每次被硬性阻止的时候，阿信眼神儿迷离，不知道眼睛该往哪儿放，不知道舌头该往哪儿去。我觉得他入了跑步教。

总结他多个十分钟说的东西，如下：

第一，慢速长跑能让人快乐。每次跑到不想再跑一步，潜意识都告诉自己，跑到终点，等着你的是柔美、嚣张、安全的愉悦。

第二，慢速长跑能让你独处，效果类似参加静修。跑了一阵之后，就不想说话了，天高地迥，就想放下心里的一切，一步一步活着到终点。

第三，慢速长跑是人类最大的优势之一。人是自然界最能慢速

长跑的动物，人类在创造蒸汽机和互联网之前，就是靠慢速长跑、辨认足迹、集体协作和偷喝果子酒，算计了一只又一只猛兽。

二〇一五年的五月，和我同一中学的朱江师弟赞助了一个“疯子”陈盆滨，要在一百天里连续跑一百个马拉松，风雨无阻，从广州跑到北京。师弟说，好多疯子都陪他跑了，你也陪他跑一程吧。我想也没想，就说，好。我好胜心作祟，心想，不能丢脸。我不知道陪跑可以从三公里到全程都行，以为既然跑了，就是全程。于是和阿信说，救我，我只有两个月的时间，告诉我如何训练。

阿信用少于十分钟的时间给我安排了一个训练计划，安排快递给我送了一块运动手表、几件跑步衣服和一个需要紧贴乳头之下的心率带。他说：“时间短了点，但你天赋异禀，或许不会死。”

我穿了跑步衣裤，我戴了跑步手表，我勒上心率带。第一个五公里在北京龙潭湖，绕湖一圈两点七公里，我跑了接近两圈。龙潭湖西侧有个袁崇焕的小庙，我跑到那里，静静想了想，他被凌迟前，想了什么。第一个十公里在厦门，竟然跑了只有一小时，我意识到，我的贱，潜能无限。第一个二十公里在纽约曼哈顿岛，参加完书展，睡不着，用跑步倒时差。第一个三十公里在北京奥森公园，大圈跑了三圈，我瘫在公园门口，一心想死。带我跑的宋海峰说，你可以跑全马了。

从河北地界开始，和陈盆滨跑了半马，跑到延庆境内的山里。他问：“你还跑吗？”我说：“谢谢你陪了我二十公里，你放开跑吧，我到最后五公里陪你。”

我的第一个全马是在法国波尔多跑完的。喝完，跑完，领完奖牌和一瓶胜利酒，我坐在马路牙子上，慨叹生不如死。旁边一个小孩子拿着手机狂打电子游戏，偶尔斜眼看我，我听见他的心里话：“你傻 × 啊。”

我忽然坦然，我心里想和他说的是：我明白了，人生其实到处都是马拉松，特别是在最难、最美、最重要的一些事情上。

比如，职业生涯。我第一份工作是麦肯锡管理顾问，我工作了两年，第一次到了升项目经理的时候，没升上去。导师安慰我说，职业生涯是个马拉松。我知道他和所有失败的人都这么说，但是跑完全马之后回想起他的话，我认为他是对的。很多时候，短暂的起伏并非人力所能控制，诚心正意，不紧不慢，做心底里认为该做的事情，是最正确的态度。

比如，和亲朋好友的关系。从我出生到今天，我老妈没有丝毫改变，下楼买袋洗衣粉都心怀一副成吉思汗去征服世界的心情，遛个弯儿都要穿成一只大鹦鹉般斑斓。我跑完全马之后意识到，不必让她修到远离轮回，她愿意炫耀就去炫耀，我不能配合至少不要纠正，我陪她跑到生命尽头就是了，然后挥挥手，让她在另外的世界开好一瓶红酒等我，等我静静地看她在另外一个世界像一只大鹦鹉一样斑斓地装 ×。

比如，爱情。相遇不易，扑倒不易，珍惜不易，但是更难的是相遇之后、扑倒之后、不能珍惜之后，还是念念不忘，心里一直祝福。

人生苦短，想不开的时候，跑步。还想不开，再多跑些，十公里不够，半马；半马不够，全马。

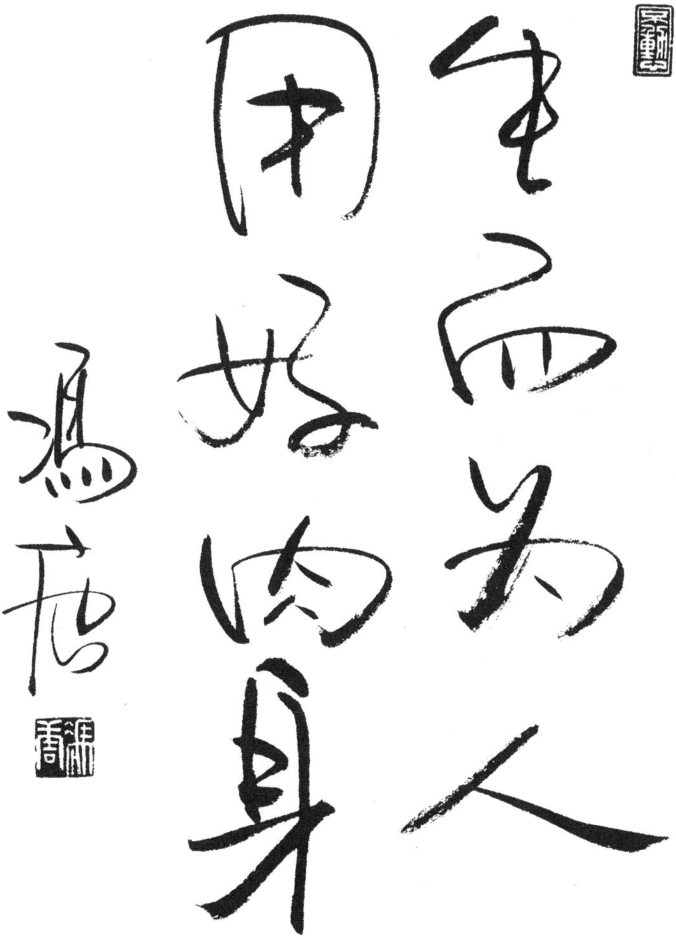
生而为人
用好肉身
冯唐

那就索性说说直男癌

近几年，黑我的人类越来越多，其中大部分是男性。对于这越来越汹涌的黑潮，我是这么用常识思考的：知道我的人越来越多，哪怕不喜欢我的人比例保持不变甚至缩小，冯黑的绝对数目一定越来越多。而且，人类是种变态的动物，十句话里，九句夸他，他记不住；一句骂他，他放在心里很久。我常常提醒自己，不要陷入这种变态造成的陷阱，以为全世界都觉得我是个傻 ×；不要被负面评论闹心，心里反复默念八字箴言：关我屁事，关你屁事。心态摆正之后，我感到自己太志得意满的时候，还会反向主动搜索最新最劲最有花式创意的冯黑言论，给自己泼泼冷水，让自己知道，谁也不是一百元人民币，不可能招所有人喜欢。

在那些月黑风高的夜晚，在主动搜索冯黑的过程中，我发现，尽管冯黑里男性居多，深黑、深深黑冯唐还是以骨灰级文艺女青年为主。她们往往在传统媒体或新媒体做资深记者或者编辑，长得中等偏上，在人生的某些阶段当过一阵女神，以为读过很多书，以为非常洞察人性，非常有主见，下结论很快，结论下了之后就绝不动摇。男性冯黑对我最多的指摘是“自恋”。我仔细检点过，老实说，我不是自恋，我只是实事求是。其实，在绝大多数时候，我缺乏自信，八年协和，我没觉得我学到了什么；九年麦肯锡，我没觉得我掌握了什么。男性冯黑们觉得我自恋的时候，其实只是我积累了足够的数据和见识，对于某件事渐渐有了信心，于是坦坦荡荡说出了一些不故作谦虚的实话。深度女性冯黑对我最多的指摘是“直男癌”，隔三岔五有其他男性直男癌首发或者复发，她们就写篇檄文，在文章里隔空把我拉出来数落一顿，然后享受正义被伸张了的巨大快感。还有更欠的，每次有全国性直男癌发作的时候，就试图约我发表些感受，作为直男癌患者的病友，从同病相怜的角度丰富她们的文章。

好吧，那就索性说说直男癌。

如何定义直男癌？直男癌主要表现是什么？直男癌的主要病因是什么？带着这些问题，我问了一圈我最有思想的姐妹们，又反观自己的内心，归纳总结如下。

直男癌的主要症状包括:

第一，坚定不移地认为女性低于男性，特别在智商、情商、直觉、体力、能力等混世界的人类要素上。深度直男癌甚至认为，在感知、美学、艺术、长相、同理心等方面，女性也远远低于男性，特别是像自己这样的优秀男性。如果有的女性非常能干，他们一定认为她们不是女的，或者根本就是男性变的，或者太长时间被当作男孩儿养、像男性一样生活了许久。他们认为，除了泄欲和生育，女性毫无价值。AI 时代已经到来，机器人女友可以越来越完美地被用来泄欲，如果樱桃树上可以结婴儿，女性真是和阑尾的价值类似。如果简单总结，就是:“我是男的，女生就该听我的，没原因，懒得和你们这种没有鸡鸡的人类解释。”

第二，坚定不移地物化女性。直男癌们把女性比作花草、飞鸟、敏捷而无脑的走兽，兄弟如手足，女性如衣物，兄弟远远重于女性。如果美丽的女性变成了家人，就一定不让她尽兴饮酒、自由行走、大量成就。如果美丽的女性在俗世中自由且有成就，直男癌们就会断定她们是靠美色睡得其所。直男癌们眼睛直勾勾地盯着周围的女性，在他们心中，周围所有的女性都爱他们，都只爱他们，这么直，怎么可能不爱?

第三，坚定不移地不换位思考。直男癌们太忙了，一个国家已

经很大，一个自我已经肿胀，一个手机总在不停地有新信息进来，一个脑子总在忙着思考天下大事、往圣绝学、时下热点，很少有时间理解女性在经受什么。生个孩子如同苹果坠地，能疼到什么程度？每月不舒服如同雾霾，躲在家里一天喝大量的热水还不好？一时的焦虑仿佛此时的雨，修心自观，不是很快就能晴天了吗？一场秋雨一场寒，女生穿了一条薄纱的酒红色的裙子，雨后说："我好冷啊。"直男癌们说："幸亏我多穿了件帽衫，如果你挺不住，你就赶紧回家吧。"

究其形成原因，四点：

第一，残余的封建思想作祟。什么男尊女卑，什么男上女下，什么"唯女子与小人难养也"，秦之后，"百代犹行秦政制"，秦制的遗毒在其他领域没有被消除，在男女平等上也没有。

第二，有个纯粹家庭妇女的妈。这个典型直男癌培养基的妈控制性培养儿子几十年，依赖儿子几十年，不断强化他的自我，不断灌输他"男人高于女人"，养成他直男癌的多数特质。

第三，没有一个三观正常的女友收拾他。直男癌们从小长大，接触的女生偏弱，没拿更高级的智商和审美碾压他们，没拿大耳刮常常抽他们，限制了他们对于女性的认知。

第四，智商和情商实在不够用。直男癌们的脑子完全无视女性的伟大：不学而知，不经意而美，每月流血而不死，不用思考就知道世事如棋、无常是常、一切无终极意义，消化一切苦难而活得比男性长久太多。

直男不是病，是天性。

直男癌是病，病根儿是有个悲惨的童年以及没看清自己的斤两。

我认真按上述直男癌的症状和形成原因对照自己，我老妈那么不家庭妇女，我前女友们那么彪悍，我那么坚信男性是低于女性很多的物种、女性之光照耀人类前进，我最多算是个直男炎。

手机暴毙的十二时辰

过去两年，我经常想，以前没手机的日子，我们是怎么过的？

四十年前，我经常想，以前没电视的日子，我们是怎么过的？

二十年前，我经常想，以前没电脑的日子，我们是怎么过的？

我并不是不爱电视和电脑，我太爱它们了。有了个永远闪烁的屏幕，我就永远目不转睛地看着它们，无论它们在播放多么傻×的内容，都目不转睛地看着它们，仿佛它们是些永远伟大光荣而正确的领袖，我永远就像蚊虫爱光一样爱着有光的电视和电脑。后来，我冷静地看过一阵电视，也见过几个做过很多很牛电视节目的人，我认定，他们利用了人性弱点，电视屏幕不值得一直观看。意识到这点之后，我快速行动：住处绝对不装电视，每到一个饭店房间或者餐馆包间，第一个要求是关上电视。眼睛不看，脑子不被洗，彼此相安无事。电脑就麻烦一点，曾经，我如果要工作，就不得不用电脑，运营数据模型、财务模型、估值模型、PPT 演示文件、Word 备忘录、沟通用的电子邮件、自摸毛片等等，没电脑都不行。工作之外，写小说、写杂文，也要用电脑。尽管像奴隶恨生产工具一样恨电脑，我还是离不开电脑，而且很变态地每三年就期待能换一台新电脑，然后继续很爽地被奴役。直到后来有了智能手机，我那时候也是个领导了，不用自己建数学或者财务模型了，不用自己写 PPT 了，我忽然发现，我竟然可以远离我的电脑了。如果不是周末写专栏文章换脑子，如果不是假期写长篇小说妄图不朽，如果不是网上银行转钱，我可以连续几个月不碰电脑。

智能手机之后，特别是微信和微博之后，我发现，我似乎开始长在手机上了，工作、生活、休闲似乎都离不开它了。睡眠，被在手机上设的闹钟惊醒；晨便，在查手机上的微信和邮件中完成；咖啡，就着各种新媒体文章和八卦喝下；然后心怀天下地叹一口气，拿着手机杀向一天的会议。杀完一天的会议，应酬完晚饭，瘫在沙发上，就着一杯小酒，胡乱翻翻手机，完全不用动脑子，想看啥手机就会推送啥，爽啊！

通常，我会注意在会上少看手机，否则为啥要面对面开会？昨天上午开会，忽然一瞬间，我无意识轻柔地碰手机的开屏键，没反应，再次轻柔地碰手机的开屏键，没反应，我凶狠地按下手机的开屏键，五秒，十秒，还是没反应。我同时凶狠地按音量下调键和手机开屏键，五秒，十秒，还是没反应。

我慌了。

手机有电啊，我昨晚充满了的啊。我冒充夺宝奇兵，抢来一个充电宝，插上之后，再凶狠地按音量下调键和手机开屏键，五秒，十秒，还是没反应。我找来一个给 iPad 充电的充电器，功率应该够大，插上之后，按音量下调键和手机开屏键，五秒，十秒，还是没反应。我更慌了。五分钟，十分钟，我手足无措，仿佛两只手里的一只手突然没了，一直以为还在，就是毫无反应。

之后的半小时很神奇，我还在开会，还听得见每一个人的每一段讲话，手还是下意识地去摸手机，但是又意识到，手机已经没了。这一切很像二十几年前在医学院学的截断反应：腿或胳膊被截断了，脑子一直以为它们还在。

忽然警醒：过去十年太依靠手机了，从黑莓到苹果，手里的水果都换成了手机。曾经查看了一下手机自己的记录，看手机最久，平均每天看手机的时间超过四个小时，比起看第二到第十器物的总和还多。罪过，罪过。

心念着罪过，脑子还在碎碎念：手机暴毙，别人找我怎么办？找不到，着急，怎么办？就当手机死了，哪些一定没了，哪些还能恢复？一定没了的是：启用这部手机之后半年多的照片和微信。一定麻烦的是：两个银行的手机接入。因为用同一个苹果 ID，iPad 和 MacBook Pro 还在，其他似乎都还能恢复。

团队拿来了备用手机，我插好 SIM 卡之后和团队交代：电话谁谁谁、微信谁谁谁，告诉他们，如果有急事，打我电话。

心安之后，手机还是挺尸状态，我忽然觉得世界安静了。坐车回家，路上看到小童、云彩和霓虹。到了住处，百无聊赖，开始收拾，发现余生还有好些书想读没读呢，还有好些小事想做没做呢，十个小时不用微信、短信、电邮，天竟然也没塌，女娲竟然也没降临。

于是畅想，如果手机忽然活过来或者明天被修好，还是有些事要做，有些原则要遵守：

第一，还是要养成手工备份的习惯。

第二，年近半百，还是要赶快立遗嘱。

第三，吃饭时不要动手机。

第四，昏睡前不要看手机。

第五，大方便不要带手机。

第六，大酒后不要碰手机。

第七，开会不要玩手机。

第八，如果可能，一周有一整天不用手机。

哀莫大于：手机死大于心死。

最希望孩子们具备的二十二个能力和特质

对于我们这些中年前浪和前前浪，二〇二〇年年初开始的新冠疫情是所经历的疫情中持续时间最长的一次。我认识的所有地球人，包括我在内，和工作以来任何其他年份相比，坐飞机从来没这么少过，下馆子从来没这么少过，见面开会议事从来没这么少过，宅在家也从来没这么久过。

宅在家的时间长了，我们对世界有了一些新的认识。比如，原来很多商务和休闲旅行是可以不去的，人不去，事也不一定谈不成，身心也不一定不清爽；比如，原来很多社交是无效的，砍掉之后，沟通的效率反而提高了，几句话就说明白了，不用非要一人喝干一瓶酒之后再聊正经事；比如，有些岗位是没必要设置的，疫情以来，有些人似乎什么事也没做，机构成事的效率反而提高了；比如，大量减少应酬饭，半年之后，体重和油腻皆减，不看脸，只看身材，半百男儿隐约翩翩少年。

宅在家的时间长了，我们也学会了一些以前做梦都没想到能拥有的技能。比如做饭，眼睁睁看到好些除了泡方便面之外什么都不会做的人变成了厨神，彼此交流海鱼和牛排熟几成的技巧；比如文学，眼睁睁看到好些理工男、创业狗闭门写出了他们今生第一部长篇小说，发给我看，让我提意见；比如教育，平时放任后浪、后后浪等神兽们自然生长的中年前浪、前前浪们忽然都成了教育专家，谈论教育的延续性、家长参与的力度以及把一个普通孩子培养成一个天才的可能。

观点之争，无法分出对错。我不是教育专家，但是我有管理咨询技能，会打圆场。我问了这些所谓高智商、高能量的民间自修教育专家同一个问题：最希望孩子们具备的能力和特质是什么？然后总结归纳如下：

第一，会睡。无论白天发生了什么事，无论最近心里有多烦，一觉甜睡到天明。

第二，会吃。在馆子，在家里，从头到尾规规矩矩坐在饭桌上，开开心心吃饭，自然而然聊天，全程不碰手机，不插嘴，即使有话要说，不抢吃喝，孔融让梨。

第三，有劲。安步当车，五公里之内不坐车，十公里小跑不会死。

第四，独立。自己的事情自己做，至少尽自己所能。最晚大学毕业之后，自己养活自己。绝大多数时候，自己和自己能和睦相处，知道如何驾驭自己的情绪。

第五，规矩。入乡随俗，有规矩就守，尽量不给别人添麻烦。

第六，思考。独立之精神，自由之思想，习惯性思考，不盲从，不跟风，求真务实。

第七，好奇。既然每天都是新的，那就每天都学点新的。

第八，归纳。会收集信息和归纳总结。谷歌和百度知道一切知识，人类更需要知道找到适用的知识以及如何使用它们。AI 时代也在不远的将来，最强悍的不是 AI，而是掌握了 AI 的人类。

第九，英文。英文基本过关之后，特别是听和说，全地球到处走，还能点菜和点酒。

第十，中文。中文是地球上最美的语言。

第十一，文学。文学是人学。读小说可以消磨时间，读诗可以高质量发呆。

第十二，数学。对于一般人类，数学里最重要的是熟悉小学应用题和统计学。

第十三，同理心。己所不欲，勿施于人。己欲达而达人。老吾老以及人之老，幼吾幼以及人之幼。

第十四，专注。一时一事，心无旁骛。

第十五，努力。尽心尽力，尽职尽责。坚持，再坚持，第三次坚持之后还不行，放弃。

第十六，倾听。如果有选择，多倾听，而不是多唠叨。

第十七，干净。而不是脏。

第十八，惜物。节制，节制，节制，哪怕你有资源可以浪费。

第十九，助人为乐。乐于分享，乐于帮忙，能为了别人放下自己。

第二十，抗糟蹋，抗噪声，抗失败，抗挫折。

第二十一，感知力。静听松涛如海，静观星光如灯。

第二十二，爱。能爱，能投入，能忘记自己，哪怕是暂时的，哪怕自己会受伤。

我把这个单子给这些民间教育专家审阅，他们说，基本差不多。我问：二十二条，对后浪和后后浪们的期待，这么多条，咱们是不是有点贪婪了？他们说：还好，还好，其他的就不期待啦，就看他们的基因和命啦。

我又看了一遍这个单子，两个感受：第一，先别逼后浪们，先逼自己做到这些吧，如果能做到这些，我们就都是另外一种人类啦；第二，当时说好自己要求自己，不要要求娃们，等娃们来了，新冠病毒来了，这些父母有了时间，自己入场，就完全忘记了“友谊第一，比赛第二”，开始抑制不住自己无尽的好胜心。

民间教育专家们异口同声说：“有期待，没要求，相信期待的力量。‘世人几人到彼岸，不为彼岸只为海。’”

好吧，努力加餐饭。

PART

3

如果
还有最后一天
可以活

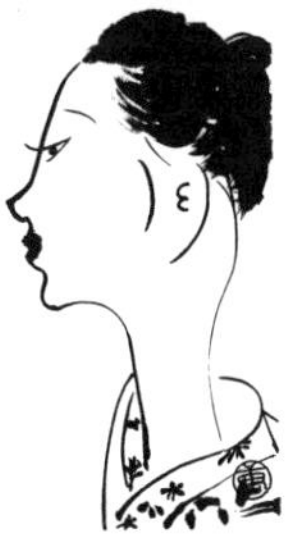

把一辈子当成一天过

如果还有最后一天可以活

在过去小半年的时间里，我基本处于一种心绪不宁的状态里，工作和生活之间的界限渐渐消失，周末和假期与平时工作时间的差别越来越小，各种类型的担心一直在脑海里盘旋：中美贸易战如何发展；中国国运如何；医改的突破口在哪里；团队如何带；融资越来越难、越来越烦；好的目标公司依然估值很高；新长篇小说的内核是什么，笔调和节奏如何安排；国际版权是否彻底不要上心了；新诗集到底什么时候出，多少首被删节；影视版权卖给谁能给出下一个惊喜；《资治通鉴》还剩不到五十卷就读完了，之后是否接着看四百多卷的《宋史》；多读些新书还是再重读几遍经典；针对这么多年收集的古美术也该写点什么了；长跑的配速越来越快，但是引体向上越做越少；肌肉流失得太厉害了吧，还是胳膊上的肉都跑到肚子上了；血脂高到什么水平才要吃药，吃上之后还能停吗；越来越无酒不欢，这样好吗；越来越不想见生人，是不是抑郁了；一件非常舒服的旧衣服放到哪里了，怎么也找不到了；我老妈八十多岁了，该多陪陪了，陪的时候说点什么、做点什么呢。

尽管连续两天不做任何有益于苍生或者个人进步的事，我真的会内疚，但我还是找了个周末，下定决心，凝神冻念，停止思考，像猪或者蒹葭一样过了两天（尽管还是打了四个电话会)。我发微信给个朋友，自夸：我战胜了我自己的傻 × 自律。朋友反问：如果还有最后一天可以活，你会干什么？

我心里盘算，冒出来的念头如下：

最后一天，我就不睡懒觉了（妈的还得上闹钟)。我早起，找个高楼去看看朝阳，遥遥一拜，不求它任何具体的事儿（和一个遥远的大火球求一件人间的具体事儿也是超级可笑)。

早餐我吃煎饼（加个蛋)、上海小笼包（不要太精致，如鼎泰丰，街边摊儿上的才有鲜肉和好面拼斗出来的那种销魂)，配卤煮，就苏格兰单桶威士忌（不要日本的，不要混合的)。

我拿宋代建窑的钵或黑釉蓝毫蛤蜊光的盏喝两泡岩茶，喝两泡老树生普。

我喝一杯手冲咖啡。

我沿着河边跑十公里，不带手机、沿途不拍照、不看配速，铆足劲儿跑，跑完喝一罐冰镇可乐，如果还渴，就再喝一罐冰镇可乐。

然后我拿张纸，拧开钢笔，交代一些后事：几个重要的用户名和密码以及它们保护的财物应该派什么用途，哪些古美术可能是赝品以及为什么，哪几首情诗最美丽以及为什么。

我撕掉所有和交税有关以及和法律相关的文件（比如各种版权合同），我从心底厌恶这些维系人类社会必需的繁文缛节。

我用那只元代的钧窑香炉焚一炉沉香，沉香的块儿会切得肥厚些。

在香气里，我怀念一下我爱过的那些女神，我忘记了她们的长相，但是我记得所有无比美好的细节。我写些明信片，每人一张，但是很可能一张也不寄。我原谅所有的男性傻 ×（都是激素和基因的错，他们都是无辜的），给他们组一个五百人的微信群，发他们每人一个二百元的红包。

我粉碎我所有硬盘和存储卡。

我脱光，蹲在洗手间自己给自己剃头。我再刮一次胡子，剪脚指甲和手指甲。我填写遗体捐赠书，然后寄出去。

中午我去吃雪崴的天妇罗。既然跑步消耗了，就吃完整套餐，加甜瓜，配香槟（任何香槟都能让我开心）。油炸食品包含暗黑的美，在这点上与女性和酒相通。

我中午的酒精耐受性很差，估计大半瓶香槟我就晕了。找个相对干净的床，翻翻《后汉书》关于刘秀的部分，然后睡着（一定不上闹钟了），然后醒来，如果做梦，涉及宇宙或者人类秘密，就记下来，否则就默念一遍四圣谛。

在西山找座山或者二环以内找座庙，我看看夕阳，就凉啤酒。

我召唤我认为最好玩的十几个人来吃晚餐，估计其中个别人已经不在人世，还有不少人在忙，也就来个五六个人。晚饭吃水爆肚仁、水爆腰花、涮羊肉，还有水煮花生米和拍黄瓜，就比我还老的波尔多和勃艮第红酒。

一定喝醉。在手机里找诗，站在桌子上读诗。如果有毛笔和墨，趴在地上或者倚在墙上写遗偈，叮嘱老板娘保留。

这么多年了，“临深履薄”的意识深入骨髓，还是在失去意识之前自己回到自己的床上，挑一块碎玉（不是一个清代的扳指就是一枚西汉的含蝉），拨一个电话，大喊一声“我爱你”，然后关机，睡去，死去。

以上这些关于最后一天的念头翻滚完毕，我的结论是：生而为人，如果不能每周都有这么一个最后一天，至少每月、至少每年要有这么一个最后一天吧？

把一辈子当成一天过

纯钧老哥，最近身体还好？你肾脏的问题诊治得如何了？晚上起夜的次数减少了一些吗？

我一直担心收到颜纯钩总编辑的这封电子邮件，但是我知道，这封电子邮件一定会来，就像四季和生老病死。他在邮件里说，终于要彻底退休了，再过一年就七十岁了，太太的身体一直不好，现在自己的身体也开始不好了，该彻底休息了。他还说，纸书出版日渐式微，毫无变暖的迹象，他是天地图书公司聘用的第一个全职编辑，如果再耗几年不走，也可能是最后一个了，他想给现在的同事一点做主编的时间。

他是我漫长的写作、出版生涯中遇上的最好的编辑和书商，没有之一。

更有意思的是，尽管我坚定地认为我的判断是正确的，但是，如果有人让我说说，我为什么认为颜纯钩是最好的，没有之一，我实在想不出他有任何出奇的地方。

与他相反，在我漫长的写作和出版生涯里，我遇上过很多编辑和很多书商，他们有的长得很帅，有的很会说话，有的修了很久的佛，有的会太极拳，有的信奉不婚，有的有很多女友，有的是个诗人，有的有很多天天上头条的朋友，但是时间流水，岁月冲刷，这些人都成了他们本来就是的人渣，仿佛蓦然升起的烟花，蓦然落下。

读完这封邮件之后，我逼我罗列颜纯钩的好，发现全是非常简单的事情，但是和社会常规做法相比，竟然是如此难得：他主动找到我是因为他觉得我写了一本内容奇怪而文字绮丽的小说，而不是因为我的名气可以帮他挣钱，那是二〇一一年我生日之前；他和他的董事长说，《不二》不是一本淫书而是一本奇书，我们要为汉语的生长做一点贡献、要做最后一个能出版这本书的方寸之地；他在下印厂之前，打印了全部稿件快递给我最后确定，以后每一版都这么做，到现在已经接近二十版了；他在每次印刷之后不等书籍入库就和我结算版税，然后寄给我一张支票；他每年和我吃两次饭，每次吃饭都问我两个问题，最近累不累，最近在写什么。而其他书商坚持的是：不要出事、不要费事、不要透明、按实际销量结算版税。

尽管他们完全不知道任何一个时点的实际销量是多少。

比较之后，我明白了，有些人只是放下自我，做好最基本最本分的事儿，这样做很久，就成了最好。这些人习惯性地少想，把一辈子当成一天过。颜纯钩就是这些极少数人中的一个。我要向他学习，做另外一个。

二〇一一年之后，《不二》出版之后，我四十岁之后，至今六年，每次进出香港机场，我都看见《不二》在机场书店醒目的位置上，周围变换大王旗，大奸大滑大商大佬潮来潮去起起伏伏。我每次见到，都很贱地拍张照片，每次心里都很不贱地想起颜纯钩，我们在末法时代做到了似乎不可能做到的事情。

我以前问过他，退休之后去干什么。

他的回答让我看到今人也能活得像个古人。他说，他会多读点忙碌的时候没时间读的书，去一些忙碌的时候没时间去的地方，和少数几个人多聊聊天。他说，他会买点墨汁，找点旧报纸，每天练半个小时毛笔字，半个小时之后，手掌微微热。

我越来越相信，所有人类都是上辈子积德不够才在今生又转生为人，而不是一株植物或者一只飞鸟。所有人类都是一身毛病。但是颜纯钩让我看到，如果我们放下妄念，还是能活得有个人样儿，哪怕在今生。

明月几时有

有朋友引荐，请我去湖畔大学讲讲课。湖畔大学由马云先生于二〇一五年三月在杭州创建，曾鸣先生任教务长，愿景是“再过二十年，中国五百强中的 CEO，两百个跟湖畔大学有关”。有统计数字表明，湖畔大学是世界上录取率最低的大学，每年三十个学生，基本要求是：创业三年，员工三十人，营收三千万元。据说，实际录取学生的平均家底儿远远超过了这个基本要求。

在我思考要讲什么内容的时候，我想起了苏东坡。这三十个学生都是严格意义上的成功人士，有战略、有战术、有实操、有团队、有资源、有辉煌历史，和他们聊什么呢？这三十个学生都是严格意义上的阿尔法人类，“永远争第一”，经常（如果不是永远）得第一，总想在舞台的中央，总想最牛，总不甘寂寞，总盛食厉兵，总破釜

知道不哭
冯唐

沉舟，总是推进着历史的进程，但是，不一定总是推进着社会的进步。和他们聊什么呢？湖畔大学的三人备课组来我庙里，和我探讨课程，提及，湖畔大学是将“研究失败和失败教育作为教学核心”。失败是成功之母，研究失败是为了更好地成功，更经常地拿第一。但是，什么是成功？是否需要永远争第一？

我想起了苏东坡，我把湖畔大学三人备课组当成三十个学生中的某三个，脱口问：“各位知道苏东坡吗？”

“当然。”

“那各位知道苏东坡那时候宋朝是北宋还是南宋？他那时候的皇上叫什么吗？那时候最有权的大臣叫什么？那个大臣做了什么事儿？那时候的首富是谁？”

“不太清楚。”

“各位会背苏东坡的任何一首诗或者词吗？”

“明月几时有！”

于是，我想，不要PPT，上课前不发任何讲义，不提前让同学们知道讲什么，设定我要讲的内容如下：

第一部分：问三个问题，请三到五个同学分享。没有正确答案，没有标准答案，我不做点评，最多再追问一两个问题。

一、你至今做过的最牛的一件事儿是什么？你为什么这么认为？

二、你的人生偶像是谁？你觉得他/她什么地方最牛？你觉得你和他/她的差距在哪里？

三、面对余生，你内心最大的危机、恐惧和困扰是什么？你打算如何去克服它们？

第二部分：我替苏东坡答答这三个问题，给各位同学做个参考。

第三部分：讲讲我的“不二”人生，我自己如何回答这三个问题。我如何写作？为什么写？怎么写？

第四部分：自由问答。

其实，在第二部分里，说是我替苏东坡回答，我怎么替啊？我无非是想给湖畔大学的同学们一个跳出来看的视角，更超脱，从更大尺度的时间上去观照现实。好在，无论我怎么替他答，他都不会说不对。

这三个问题里，我最容易替苏东坡回答的是第一个。

苏东坡很牛的是，修了一条路，叫苏堤。在他的生前身后，有无数人走过这条路，一线路，两面水，几座桥，数点山，现在公认是杭州乃至全中国最美的一条路。在他的生前身后，有无数人在这里凝神、伤心、爱恋、释怀、叹息。每个人每走一次，有意识无意识地都会敬他一次。比起那些挣了无数的钱，但是楼盖得如同迷宫一样、动线安排得如脑残一样、去一次就忍不住骂他娘一次的房地产开发商，他福德多多。

苏东坡牛的是，创了一道菜，叫东坡肉。“竹外桃花三两枝，春江水暖鸭先知。蒌蒿满地芦芽短，正是河豚欲上时。”我听见了他的心里话：“我去，春天终于来了，笋可以吃了，鸭子可以吃了，河豚也可以吃了！好开心，春风十里不如吃你！”这么多年过去了，四季依旧在轮回，每年春天都会来，每天少吃一顿都会饿。苏东坡的胴体已经消亡很久了，但是每天还会有很多人怀念东坡肉。

苏东坡牛的是，写了几首流传至今的诗词。“明月几时有，把酒问青天”，很普通的十个字，似乎很简单的意思，而且意思里有些傻二气质浮现：你问明月什么时候有干什么呢？你问青天，青天就知道吗？你把酒，把酒就很了不起吗？明月就能被你喝出来吗？但是，如今，每个夜晚，都有很多人把酒，把酒的有些人会问天，问天的有些人会问：明月几时有？

苏东坡牛的是，写了一手自己的字。他的字跳出二王体系很远，但是字因人传。“我书意造本无法，点画信手烦推求”，他就按照自己的理解，自由自在地写了，他的《寒食帖》也被体系中的人评为天下第三行书。

还有其他很牛之处，容我以后写本小书，详细列出。

作为一个阿尔法人类，除了生前，还不得不想想身后的事，否则就不是最牛的阿尔法人类。等我在湖畔大学和同学们聊完，再写信和苏东坡沟通我的感受。

二十年来家国

毕业二十年。

没想到这么快。

一九九〇年入学，一九九八年毕业，如今二〇一八年，毕业二十年。八年医学院之后两年商学院，我商学院快毕业前几个月，找人生第一份全职工作。我看到一些工作描述，要求八年以上工作经验，我心里第一个反应是：疯了吧？要熬到什么时候才有那么多工作经验啊！

没想到，撒泡尿的工夫，这二十年就过去了，我也有十八年的管理工作经验了。

你好吗？

我一般，过得去。

我们班马上毕业二十周年聚会，我不得不回望一下这二十年来的家国。

八年医学院让青春期过长，让江湖过远，足不出东单、王府井，心不窥园，我经历过了一辈子里最坦诚阳光的、最禽兽草木的爱情，最心无旁骛、最无功利心地读了一辈子里一半以上的书。毕业之后，二十年来家国，每年百次飞行，很少在一个城市持续待上一周，没有一周停止思考国运、经济走势、行业动态、商业模式、人性桎梏，分不清恋情、激情、奸情、革命友情，还是战略伙伴兄弟情，书也明显看得少了，总从过去的阅读中提现，虽然总惴惴然，但是总安慰自己说，之前读万卷书，现在行万里路，“纸上得来终觉浅”。

这二十年，国运太强，我太忙，忙得一眨眼，我老爸已经走了，我老妈已经走不动了。

这二十年，在不同的城市生活和工作，住处、办公室，留下了十几堆小山样的东西，一直以为能有时间收拾，一直没有时间收拾。如今都运回了北京，置于一处，为了纪念毕业这二十年，我专门请了两天假来收拾，断舍离其实就是一个字：扔。物尽其用，实在舍不得扔掉的，就是我这二十年的物质遗产，就是我的二十年，就是我。

房子没扔。第一份工作一年后买的，不到一万元一平方米，不到二十年后，一平方米不到二十万元。听说扔了就彻底自由了，我想了想，我似乎还是需要一点点不自由，一张安稳的书桌。最年长的〇〇后也成年了，在房子的问题上，他们彻底自由了，如果长辈不资助，无论他们做什么工作，他们不用想靠自己的工资在一线城市买房了（其实也真没必要）。

书没全扔。扔了好些杂志和书，都是不该印出来的杂志和不该鼓起勇气写书的人写的书，还有好些貌似权威编的漏洞百出的知识书（最可怕的是我不知道这些书里哪些是真的，哪些是编者胡编的）。还是留了很多书，所有饱含细节的历史书（哪怕编者史观不正），轻微变态作者写的非常变态的文学书，全部出土或者传世的古美术图录和遗址挖掘报告，依旧有用的教科书（比如《种子植物学》和 *Netter's Atlas of Human Anatomy*），地图，某些有特别意义的某期杂志（比如刊登了《读书无禁区》的《读书》创刊号）。我今年年中以延期一年半的速度读完了《资治通鉴》，我幻想没准儿会有时间读完一半我想在死之前读完的书。

笔记本都没扔。这二十年没有停止开会和记笔记，积累下来大几十本了，那里面也有会上开小差儿写的诗歌和小说开头。这二十年的经历现在还不能直接写成小说，但是见识在脑海里，细节在笔记本里。我好几次梦见，我其实早已写好了两三部长篇小说，就是忘记放到书架的哪个地方了，早起，梦醒，看到那一堆笔记本，意识到梦不完全是梦。

电脑和游戏机都没扔，还有那些游戏光盘。过去二十年，每隔两三年换台电脑，剩到今天的，我也就不舍得再扔了。也没敢插上电源重新开机，第一是怕彻底启动不了机器，第二是怕彻底找不到开机密码。我隐约觉得经济不会一直高速增长，总有一天，地球转得不这么快了，我也老了，我可以重新打旧时的游戏（比如《命令与征服》）和开始新的恋爱了。

再过二十年见。

那些并不闪闪发光的牛人

我的超师弟在协和医学院当了解剖系主任，在东单三条协和九号院有了一间自己的小小的办公室，冲东，天天可以看到晨光和草木葳蕤的庭院。我很羡慕他。

在一个人的一生之中，会有极少数的几个人、几天时间、几件事儿、几个地方对他产生巨大的不成比例的影响。这个人有了一定年纪之后，开始不由自主地怀念这几个人、这几天、这几件事儿，隔一段时间，就想再去这几个地方看看。在我个人的单子上，协和九号院排在这少数几个地方的第一位。其他建筑物还包括：北大燕南园和未名湖，北京东护城河，湾区伯克利山。我在北京生、北京长，在我生长的年代，北京的好些庙宇已经被毁了、好些庙宇被改作他用。协和九号院先是我学医的地方，学习生命、病痛、心碎、

如果五十岁之前没做，五十岁之后要好好试试的三十件事儿

1. ✔交两三个无用的朋友
2. ✔培养一个无用的爱好
3. ✔去一个永远成不了景点的地方旅游
4. ✔收藏两三件不能增值的旧东西
5. ✔爱过一个不可能和你在一起的人
6. ✔和爱的人、而不是对自己有用的人消磨时间
7. ✔穿一件青春期都不敢穿的衣服逛街
8. ✔写一部永远没希望出版的长篇小说
9. ✔遇到人生困境时，一觉睡到自然醒
10. ✔不期待任何好处地帮助一个人
11. ✔和父母吃饭时全程不看手机
12. ✔与陌生人做一次善意交流
13. ✔信任人，和上边派来的人一起成事
14. ✔研究一个冷僻的课题
15. ✔收藏一种已近失传的传统工艺

16. ✔发明一件申请不了专利的东西

17. ✔将垃圾按垃圾桶标识去分类

18. ✔为自己想一句墓志铭

19. ✔学一门已经死去了的语言

20. ✔爬一次西山，在秋天，过庙门而不入

21. ✔买一个花瓶，一星期买一次花插在里面

22. ✔帮电梯里的人按下他们要去的楼层

23. ✔有两三个具有排他性的至爱品牌

24. ✔每天阅读纸质书30分钟

25. ✔向自己所伤害过的人致歉

26. ✔保留日记，直到宇宙尽头

27. ✔学一道新菜，做给所爱的人

28. ✔和你的邻居打一声招呼

29. ✔呵止一个插队的人

30. ✔不去纠正和你三观不同的人

失身，后来被我当成庙来用，每两三个月，路过的时候，就进去，在台阶上坐一会儿、站一会儿、被风吹一会儿。我早就不记得建筑物屋顶上的五脊六兽都是什么名字，就好像早就忘了颅底都有多少个孔儿、都有什么血管和神经通过，但是我能清楚地记得曾经的幻灭、肉体、诗意，记得我作为一个人的三观在这个气场里形成的过程。

协和九号院的正门有保安把守，除了开会，我都从没有保安把守的侧门进去，待一会儿再从保安把守的正门出来。超师弟忙，又不是依旧美丽或者曾经美丽的师妹，我很少打搅他。只有一次，我忽然想去看看大体解剖室，就去骚扰他。

解剖室比我学医的时候条件好了不少，灯光明亮，地板洁净，没了旧时人类脂肪粘鞋底的油腻感，也没了福尔马林刺鼻的味道，听说用了新型的防腐剂。人体骨架还在，散站在解剖室的四个角落。我遥望骷髅空洞的眼窝，感到我的三观在瞬间崩塌，在瞬间重建，我再次明确：认识到人生没有终极意义是一切人生幸福的起始点。

超师弟拉我到一楼，说让我看一个最近才基本复原的角落：101室。Davison Black，步达生，加拿大籍，人类学、神经学和解剖学教授，协和医学院第二任解剖系主任。从一九二一年到一九三四年，101室是他待了十三年的办公室。办公室不大，二十平方米左右，里面一张书桌、一台打印机、一部电话、几个书架、一些骨骼标本、一些后贴上去的事迹介绍。

在我走入办公室之前，我不知道步达生的名字。在现存人类中，知道他的名字的人估计不过万人。但是，知道他带过的裴文中的名字的，应该在百万级；知道他起始、主持、推动的北京周口店古人类遗址发掘的，应该在千万级；知道另一个和他同样是加拿大籍医生的白求恩的，应该在亿级；知道他和其他很多人一起创立的协和医学院的，应该在十亿级。

其实，简单地说，我想说的是，很多像他一样极牛的牛人并不出名，并不闪闪发光，而这些并不闪闪发光的牛人才是世界美好的最重要的基础。感谢像他这样研究冷僻学问的人，感谢写《金瓶梅》和《诗经》的无名氏，感谢制造通灵的高古玉和高古瓷的无名氏，也感谢让协和九号院的门窗一百年来还推拉自如的无名氏。

超师弟拉我到 101 室旁边的 102 室，指着门问我："猜，这间房子是干什么用的？"我看房门上横着数道铁锁，屋子又在步达生的办公室旁边，就猜："标本室。"超师弟说："错了，几乎没人猜对过，这是酒窖，当时存放葡萄酒的地方，曾经有很多瓶葡萄酒。"

"一百年前在中国的葡萄酒窖，不是中国最早的一个，也应该是之一了，讲究啊，每个牛人似乎都有某些腐朽的地方。"我想。

一九三四年三月十五日下午，因为心脏病发作，步达生死在101室的办公桌旁，终年五十岁。“那一刹那，你手是否在摸着那个著名的北京人头盖骨，你手旁是否开了一瓶葡萄酒？”我想，这么死，命真好。

对了，步达生死之后，那个北京人头盖骨找不到了。幸亏他和其他前辈的仔细记录，原尺寸复制，我等才得以有眼福看到北京人头盖骨的样子。现在这个复制品就摆在他原来的办公桌上，面朝南。

人生三原则

我越老越觉得人类难以相处，很多情况下，他人是地狱，地球居不易。

从某个人类个体出发，和身边最亲近的关系难处啊。

虽然曾国藩说过，“事亲以得欢心为本”，但是我以这个原则管理我和我老妈的关系时，我内心常常有种溺爱纵容、养虎为患的感觉。我姐不能和我老妈同处一个国家，我哥不能和我老妈同处一个城市，我祭起我内心全部的混蛋，也做不到和我老妈同处一个屋檐下，我和她在两个相邻的小区，相隔八百米。如果有事儿，我能马上飞奔过去；如果没事，一碗热汤面端了过去，到她门口不会凉。

我开始不是特别理解我姐和我哥，有次我们三个人一起和我老妈吃了一个中饭，我老妈一直在追忆似水年华、辱骂天地禽兽和她认为禽兽不如的我们仨。中饭吃到一个半小时的时候，我看了一眼我姐，我姐的脸色是生无可恋的大涅槃脸色。中饭吃到两个小时的时候，我哥给自己倒了半杯矿泉水，吞了两片缓解头痛的止痛片。

我老妈说："现在生活真好啊，我上个妆去楼下倒个垃圾，遇上的所有人都夸我长得漂亮。你们说，这个楼里的人是不是真没见过世面，还是我的确长得好？现在生活真好啊，我三个月，二百块钱都没花出去，吃的东西塞在冰箱里都迁出来了。你们说，是不是祖国强盛了、人民富强了？"

我没忍住，说："您别扯了，房租是我付的，车是我帮您打的，衣服是您倒垃圾之后闲逛捡的，配饰是我们几个在过去几十年送您的，蔬菜、水果、米面和鱼肉都是我们几个在网上订完直接送到您住处的。要不您把银行卡和密码都告诉我？我给您演示一下如何花钱。"

老妈说："你少犯混蛋，你都是我的，你和我算这么清楚干吗？"

两性关系更难处。

"你会爱我一辈子吗？"这的确是一个在现实中和电视剧中非常甜蜜和常见的问题，但是，有比这个问题更傻 × 的问题吗？相爱得再深的两个人，也难保证初相见、初吻、初夜两年之后对于彼此的

愿生命如若夏花
愿死之美如秋叶
冯龙

肾上腺素、多巴胺、内啡肽都还在，也难保证初相见、初吻、初夜二十年后，两个人中的一个或者两个不变成一个纯傻×、一个油腻的中年猥琐男/女。

“人生若只如初见，何事秋风悲画扇。”喏，喏，喏，人不能两次踏入同一条河流，人和另外一个人也不能两次初相见，这是常识。

看朋友们养孩子也难。

生了孩子的父母也心虚：“孩子出生时，我们也没征求过他们的同意。”所以难免拼命照顾。十八无丑女，三岁无恶魔，任何孩子很小、很无助的时候总有非常可爱之处；任何孩子刚刚学会说话和走路的时候，似乎总能感到神在微笑着展现他的神迹。但是，当孩子们开始面对社会时，面对长得如猪八戒他二姨的孩子，父母还能用看嫦娥的眼神看着？即使父母的眼神还是看嫦娥的眼神，社会上其他人的眼神呢？这种落差造成的伤害，算谁的？

从某个人类个体出发，和社会上路人甲们的关系也难处啊。

你不加塞儿，他加塞儿。你遵守交通规则，他不遵守。你不降维攻击，他降维攻击。你输了，他赢了，至少在那些瞬间暂时的。你是教育他不要降维攻击，还是学习他，也对他降维攻击？

从某个人类个体出发，和自己肉身的关系也难处啊。

上山容易下山难。你人生前半场依赖的制胜习惯和制胜性格到了人生下半场都很可能成为羁绊。比如，协和医学院老的校训是“如临深渊，如履薄冰”，不践行校训，成不了名医，一辈子践行校训，这辈子是不是有些亏欠自己的肉身？

难以相处的个体组成群体，人类不同群体之间的关系更难处啊。

彼此三观不同，成长背景不同，境遇不同，出发点不同，成年个体之间发生争执，已经很难分出对错。人类个体组成的大群体之间，协调矛盾就更难。欧美用了两次世界大战和死伤几千万人口的代价才似乎明白，尽管矛盾难以调和，战争也不是解决矛盾的最好方式。

地球居不易，想来想去，我设立了三个原则，要求自己尽全力做到；不要求别人，但是尊重一切能做到此三原则的人类个体；躲开那些做不到此三原则的个体。

人生第一原则：自己的事情自己做。

人生第二原则：不给别人添麻烦。

人生第三原则：在人生第一和第二原则的基础上，自由定义一个自己喜欢的原则，比如，今宵欢乐多。

休言万事转头空，未转头时皆梦

我细细想了一下，在我的前半生，司马光应该是我念叨最多的一个人类了，无论中西，无论古今。每开始阅读新的一卷《资治通鉴》，第一行都是：朝散大夫右谏议大夫权御史中丞充理检使上护军赐紫金鱼袋臣司马光奉敕编集。

似乎很多人类在小的时候都有不切实际的梦想，我也是。在这些不切实际的梦想中，很多不需要具体做什么，等着老天给或者不给就好了，比如遇上一生独一无二的爱情，比如写出有自来水处就有人歌咏的诗。有些不切实际的梦想就会需要很多自身努力，其中最耗时间和生命的一个是：我想读尽天下书。买了《全唐诗》《全宋词》《册府元龟》，买了《诸子集成》，买了《十三经注疏》，买了二十四史，买了《资治通鉴》。刚有自己的电脑不久，四处搜罗一切可以搜罗到的电子书，包括一个几百兆的《四库全书》，以为水滴石穿，总有一天我能读完。

第一次试图看《资治通鉴》是在二十岁左右，看医学教科书看烦了，就翻《资治通鉴》换换脑子，安慰自己“我不是不务正业，我是在研读人类心理学”。两汉三国之前看得相对仔细些，看到西晋之后，天下似乎越来越乱，医学的功课越来越重，就看得越来越潦草。我在每一卷前都看到司马光漫长的头衔和名字（第二行就简明扼要很多：后学天台胡三省音注），很好奇，紫金鱼袋是什么东西？什么材质？什么图案？哪种紫色？

离开北京二十年后，年近半百，我把散在各处的书都集中到北京垂杨柳，《全唐诗》、《全宋词》、《册府元龟》、《诸子集成》、《十三经注疏》、二十四史、《资治通鉴》，还有那些医书，还有那些商科书，还有那些佛经，还有那些西方哲学，还有英文小说，还有其他好多我曾经想读的书。我忽然意识到，在死亡来临之前，我读不完这些书了。

我问一位博览群书的老友：“西方哲学有意思吗？要不要读？从哪几本书开始？”老友说：“西方哲学是个大坑，你就别逼着自己读了。”我一时觉悟：不该妄想读尽天下书，读自己最感兴趣的就已经足够，其他的书，有其他感兴趣的人类去研读。我想，我最大的兴趣还是了解人性，了解人性的最佳办法似乎还是以大尺度的时间观照人性的变与不变、轮回与演进。以这个思路定优先、做减法，不读西方哲学了，不读西方政治学了，不读物理和信息学了，如果只读一本古书，就读这本《资治通鉴》，如果只读一本史书，就读这本《资治通鉴》，甚至如果只读一本书，就读这本《资治通鉴》。

中华书局二十册版和十册版《资治通鉴》都太沉了。我用Kindle装了一个电子版的，酒后，睡前，放下手机，开始第二次阅读《资治通鉴》，一卷，一卷，比第一次认真多了，比第一次收获多了。多次读到意识逐渐丧失，扔Kindle在枕边，昏昏睡去，多次梦见《资治通鉴》里的场景和对话，刀光剑影，落花流水，仿佛脑子里自带视频播放功能。本来立志一天一卷，一年内读完，没做到。又过了一年，勉强读到了接近二百卷，唐太宗李世民杀完了他两个亲兄弟，和魏徵叨叨管理学的精髓，很精彩。无志者常立志，我再次立志，如果在戊戌年再读不完剩下的小一百卷，天诛地灭，人皆可耻笑之。

在历史的轮回里，多做些“小而美”的实事，比如写点扎很多人心的诗，比如修一条春风十里的湖堤，比如建一个救很多人的医院，比如创个服装样式，比如炖个被很多人吃了还想吃的肉，比如烧个被一代代人珍爱的茶盏，比如主持编集个历代读书人都绕不过去的《资治通鉴》。如果以“不朽”观照，这些小事远远强于那些一时权倾天下、名动天下、杀人无数、挣钱无数的大事。一千年过去了，司马光权倾天下，司马光撕逼王安石，甚至司马光的文章和长相都已经湮灭在历史的尘埃里，仿佛从来没有存在过一样，只剩一个“司马光砸缸”和一部《资治通鉴》如山川大地般亘古常新。

不急不慢地做一辈子

我在二〇一五年十一月之前，从来没去过日本。之前，在东京成田机场转过两次飞机，每次都没出过机场，实际上不能算去过日本。之前，在长大的过程中，到处是日本的痕迹：铁臂阿童木、一休动画片、七色花的娜娜公主、任天堂的《超级马里奥》、PSP 的《罪恶城市》、黑长直头发的真由美、《源氏物语》、成人爱情动作片、曜变天目盏、泡茶神器铸铁壶、变态到老的川端康成、一直不自信的芥川龙之介、手撕鬼子和箭射飞机的抗日神剧。感觉中，除了战争之外，日本是个简单、安静、安居乐业的地方。

二〇一五年十一月底，一个好朋友结婚，希望有仪式感又不被打扰，就把婚礼安排在京都的二条城。我第一次有机会去了日本，先落仙台，然后东京、京都，还去奈良耍了一天。以前第一次去一

个城市，如果时间能挤出来，一定会先逛博物馆和古董店，这次还是逛了古董店，但是把博物馆换成了餐馆。年纪大了些，反而不太想把日程塞得太满。吃好、喝好、睡好、跑好，再买到一二碎玉、一二茶盏、一二文房，就是完美假期。

走马观花，浮在表面上的印象是，日本干净、安静、恬静、精细、老旧。几乎没见到任何卫生死角，没见到任何乱停车，没见到任何加塞插队，没闻到任何令人生厌的怪味道。火车车厢里不能接电话，接电话要到车厢连接处的指定区域，乘客之间的聊天也仿佛是遥远的耳语。出租车上座套洁白，没有分众传媒之类安装的广告屏幕，有 USB 充电插口。尽管好些区域的人口密度超过北京、上海、香港，还是没有太多焦急、郁闷、忙碌飘浮在街面和人周身。地铁站附近，在类似单人洗手间的吸烟室，烟民独自在半厘米、半厘米地吸烟，外面赶地铁的人来来往往，闻不到一点烟味。空间被利用得寸土寸心，火车上的男性洗手间是我见过的最简洁的，锁都没有，开大玻璃窗，进去的人背向窗户，撒尿，其他人看到背影就知道，已经有人比他先尿了。街上的老太太比小姑娘多，多数都顺顺美美、整整齐齐、干干净净，不动声色地在街上走来走去，仿佛街边枫树和黄檗上面不再嫩绿却坚持美丽的叶子。出租车司机的眼睛都花了，给他们写了地址的纸条，都要拿到距离眼睛很远的地方看了又看。逛了四五家古美术店，中国旧物不多，仔细挑，买了一把银壶、三只宋代的建盏。两只盏口很小，六七厘米，适合当茶杯用；一只很重，器形漂亮，卖家明确注明，口沿有修补——让店员帮忙找，两个老太太找了半天，没找到，但是坚持说，一定不是完整的，价钱上也有明确的反映。

去了青空的寿司店，去了早乙女哲哉师傅的天妇罗店，才知道为什么他的几个有名的餐馆需要提前很早订位，需要找关系订位。这几个店，都是只有八到十个吧台位，中午、晚上各翻一次台，一天也就能接待不到四十个客人。订位的时候，对于日本餐饮精熟于胸的朋友说，早乙女哲哉的天妇罗最是必须吃。

我问为什么。他说，日料三大神，寿司之神小野二郎、鳗鱼饭之神金本兼次郎、天妇罗之神早乙女哲哉。小野二郎如今平均只让客人吃二十分钟，客人匆匆吞下带着他手温的寿司，匆匆被请出。金本兼次郎自己已经不动手了，去店里只是视察一下。早乙女哲哉是每周休息一天，每年只休息一周，如此，已经五十多年了。

店藏在一个居民区里，我订的是中午第二台。人到的时候，第一台还有三四个客人没走，我被引到二楼。二楼的休息区也是店主的古美术收藏展示区，展品常换。我扫了眼展品，多数开门看老，但是看不出他的审美系统，似乎什么都有一点，东洋、西洋，中国、朝鲜。

展品没来得及细看，我们就被请到一层吧台位，八人围着早乙女哲哉和他的炸锅坐了半圈。一个徒弟在他周围帮忙，但是从不碰炸锅，另一个徒弟在我们后面招呼。早乙女哲哉在炸锅边有节奏地操作，材料处理、下锅、出锅、上桌。车海老、沙钻鱼、墨斗鱼、海胆、辫子鱼、星鳗、松口蘑、芦笋、青柳贝柱团，五颜六色放下油锅，同样金黄色地出锅，咬开，金黄色的炸面糊打开，原来的五颜六色还在。过程中，屋子里一片安静，最大的持续的声音来自沸腾的炸锅，似乎中雨持续打击屋顶，早乙女哲哉一直一脸严肃，不言不语，像一个人在夜路上不急不慢地走。

甜品之后，他洗洗手，开始有笑容，和一个美美的小只老太太食客聊天，声音比笑容还小。看我在翻他手绘的小菜单，他就指给我看——今天没有巴沙鱼、银鱼、香鱼，因为现在不是它们应该出现的时节。他不会汉语，几乎不会英语，我唯一会的一丁丁点日语是从日本成人爱情动作片学习的，以象声词为主，他还是通过手势让我基本明白了他要表达的。我请他在小菜单上签名，他拿出毛笔，不仅签了名，还花了五分钟画了两只大虾。

走回地铁站的路上，我问自己：好吃吗？

答案清晰：好吃，很好吃，名不虚传。

接着问：如何好吃？

想了很久，有几个形容词勉强冒出来：平衡，中庸，合适，毫不夸张。

再接着问：如何做到的？

想了更久，尽管我从来不进厨房，我还是想琢磨琢磨。我猜：食材和因材。取当季的最好的食材，用最适合它的油、油温、面粉、时间去炸。

所谓一个人的成功不也是一样的吗？所谓秘诀无非就是，知道自己是块什么材料，爱做什么事儿，能做什么事儿，然后不急不慢地做一辈子。早乙女哲哉十五岁入行，三十岁成名，到如今，在是山居的一口炸锅前玩了五十多年。检点我自身，十六岁开始写第一部长篇，一支笔也写了三十年，不着急，还早，这辈子还长。

别来常忆君

沈昌文老哥：

见信好。

我四十岁以后，见到比我年长的男性都叫“老哥”，仿佛天津人管年纪稍大点的女生都叫“姐姐”。这样，总透着点亲切和平等，似乎有种不知老之将至的样子。所以，我这样叫您，如果按常理没论对辈分，老哥勿怪。

二〇二一年一月，我在伦敦，处理完工作，给自己倒了杯香槟，泡个澡，刷手机，微信朋友圈里被您仙去的消息刷屏。九十岁，高寿，在睡梦中走了，福德多多。我老爸八十三岁的时候，也是在午睡中走的。知道老爸仙去消息的时候，我不在北京，没见老爸最后一眼，蹲在香港的洗手间里望着北京失声痛哭。知道您仙去消息的时候，我不在北京，在伦敦的澡盆里，眼睛竟然也湿了一下，或许是喝多了，容易感动。

我第一次面见您是十年前，那一面也是最后一面。从初中到大学再到参加工作初期，我一直坚持读《读书》杂志，在相当长的一段时间里，您是主编，每次翻杂志的时候都能看到您的名字。后来您不做主编了，《读书》也越来越少了些真知灼见，我也就渐渐不看了。

您通过共同的朋友约我见面，要聊我的小说在台湾出繁体字版的事。您的名字如雷贯耳，您还想把我的小说介绍到台湾去，我开心死了。我和我老爸说："有个出版界的老前辈要来家里吃个饭，可不可以啊？"我老爸说："那我清蒸条鱼。"

和传说中的一样，您穿了一件摄影背心、背着一个不大的双肩背包，来我家喝酒。您从背包中拿出《阁楼人语》和《书商的旧梦》，已经签好了名字，送我；从背心里拿出一张复印后手剪的小纸片，上面一幅您的漫画，一句"废纸我买"，一个电子邮件地址。"电邮联系啊。"您说。

后来我读了一篇《新京报》关于您的报道，才知道，您那时做台湾大块文化的顾问，我是您帮郝明义先生联系的最后一个大陆作家。您来的时候，带着您闺女，您介绍说，您太太是医生，女儿也是医生，如果女儿不陪着，太太就不让您出去吃饭，怕您吃喝得不健康。饭桌上，您动筷子前，先看一眼女儿；您喝酒前，也先看一眼女儿。女儿轻轻摇摇头，您就放下筷子，但还是端着酒杯，喝进嘴里一大口，再退还给杯子大半口。

饭桌上，您聊了很多，十年后，我在澡盆里只想起三点。

第一，您劝我，要放胆。“读书无禁区，写书为什么要有禁区？事到万难须放胆，古往今来这么多书了，如果写得没突破，怎么出头？放胆写都不一定能突破，何况缩手缩脚地写？”

第二，您劝我，要自信。长久以来，我最大的问题是缺乏自信，不知道自己写得如何、是不是垃圾、会不会流传、会不会打败时间、谁会有兴趣读、为什么读。“你全职工作那么忙，还能这样坚持写，就说明老天给你这碗饭。我一辈子干的事就是看稿子，我看了一辈子稿子。你的小说，我看了，写得好。否则，我也不来找你了。”

第三，我总结您的工作经验。每个人的工作都有一项最重要的活动，而很复杂的工作中最重要的那项往往非常简单。

“做个好编辑，最重要的工作是什么？”您喝了一点酒之后，我问您。

“做编辑最重要的工作是请作者吃饭，做好编辑最重要的工作是请好作者吃饭。今天实在不好意思，还让你请我吃饭。下次，一定我请你吃饭。”您回答。

一晃十年，中国增长最快的十年，我这一代过度工作、过度忙碌的十年，您说的下次也没有了下次。我在澡盆里端起酒杯，一边喝一边后悔，过去十年里，为什么没多约您几次喝小酒？

逝者不可追，想想生者，那些出现在我生命里的、还在世上的、具备导师属性的老哥也都在奔向八十岁的路上了。他们数量极少，只有个位数；他们对于我极其重要，用最简单的方式让我明白世间最复杂的道理。

等新冠疫情缓解之后，我要马上厚起脸皮约他们吃喝，一起做一点都喜欢做的小事，比如刷字、涂鸦、侃山、论书。哪怕再忙，无论是他们还是我，我也要把见他们放到第一位，尽量约起来。见这些老哥，比见前女友们更重要，比读今生想读但是还没捞到时间读的书更重要。

我在澡盆里喝干了杯子里的酒，祝您在天国安好，有禁书读，有废纸买。

冯唐

PART

4

和
好玩好看的人
消磨时光

让人生变得有聊一点

冯唐

干过的最文艺的事儿

我固执地认为，一个时代的变坏是从嘲笑文艺青年开始的。如果一个人绝大多数时候只想着有用，做一个有用的人，只做有用的事儿，那么这个人很可能无趣。如果一个城市只允许三观类似的人存在，不认同这套三观的人受到持续而稳定的排斥，那么这个城市即使极其现代化、极其宜居也难免极其无聊（脑子里冒出两个城市的名字，就不明说了）。如果一个时代越来越鄙视那些不主流的、不务实的、不上进的人和事物，这个时代会越来越不好玩。

回看历史，有史以来最文艺的一本书是《世说新语》。刘义庆分类总结了一批类似竹林七贤的逗逼千奇百怪的逗逼行为，满山杂树，满树杂花，天地间弥漫着迷人的逗逼气质。如果周一到周五遇到太多油腻猥琐的人和事儿，周六和周日我就翻翻《世说新语》，非常治愈。

整本《世说新语》中最文艺的事儿要数“雪夜访戴”。原文如下：王子猷居山阴。夜大雪，眠觉，开室，命酌酒。四望皎然，因起彷徨，咏左思《招隐》诗。忽忆戴安道。时戴在剡，即便夜乘小船就之。经宿方至，造门不前而返。人问其故，王曰：“吾本乘兴而行，兴尽而返，何必见戴？”翻译成现代汉语，大意是：王子猷雪夜醒来，开门，开酒，看到白茫茫一片，吟诗，饮酒，想起好基友戴安道。随即乘小船去看他，一晚才到，到门口没进就回去了。人说：你有病啊。他说：我乘兴而去，兴尽而返，不一定要见到小戴。

绝大多数人在雪夜不会醒来。雪夜醒来的人中间，绝大多数会继续睡去，不会开门、开酒。开门就着雪景饮酒的人中间，绝大多数会拍些照片发朋友圈，比如插入雪地的酒瓶，比如大雪里还绿着的树，比如在雪地上自己的影子，而不会想到其他人。在雪夜里喝着酒吟着诗、想念其他人的人中间，绝大多数不会说走就走乘船一夜去看一个基友。真的说走就走雪夜乘船访基友的人中间，绝大多数不会过门不入，见门即返。这些人性的小概率事件组合起来，让雪夜访戴成为千古绝唱，成为骨灰级文艺案例。换一个角度，如果王子猷真能做到折腾这一夜临门不入不射也尽兴，也的确是至情至性至纯至真的男子。满足了自己，不给他人添任何麻烦，甚至不让他人知道，雪霁长空，旷野飞鸿，自编自导自演自嗨，简直是生活楷模。可惜的是，更多见的是假王子猷，尽管能做到雪夜访戴，但是之后一定会让小戴知道，之后很可能连续发朋友圈。

巡视周边，我问朋友们，在你迄今为止的一生中，你干过的最文艺的事儿是？理工男基本选择忽略我的问题，继续在群里讨论中美贸易战和区块链。收到的回复中，文艺级别比较高的包括：

我的一个男性朋友写过近一百个小说的开头，其中二三十个开头有上万字。个别开头非常有力，比如一个小说的开头是这样写的：“我住在亚运村以北三公里，读书、嫖娼、思考。”这个朋友挣够一两年的生活费就辞掉工作，什么时候又开始谈生意，就是钱花光了的时候。

我的一个男性朋友读过很多书，却能忍住不著不述，从来没出版过任何著作，他有极强的鉴赏力，却能忍住从来不做艺术创作。北大毕业前在潭柘寺住了大半年，思考人生，然后就没拿到毕业证，也没去当和尚。

我的一个女性朋友去过上百个国家。她每和一个男友分手之后，就去之前两个人约好要去但是再也不能一起去的那些国家和城市。一个人出国，每到一处，找他名字首字母的街道，拍张照片，一张都不发给他。

我另外一个女性朋友在湾区用 Uber 叫车，她和司机说："我在一个像极了小白象的云彩下等您。"司机反问："你脑子有病吗？"

我想我自己干过的最文艺的事儿应该是在四十岁生日之前的两年，几乎每晚应酬喝酒，几乎每次酒后都顶着酒劲儿以及借着酒劲儿写《不二》。我固执地认为，四十岁应该是男性荷尔蒙分泌的顶点，之后就都是下坡路了，我在四十岁生日之前两天写完《不二》，在下坡路之前直面色情，算是自己送给自己的一个生日礼物吧。

我问我老妈："我爸做过的最文艺的事儿是什么？"我老妈想了想说："他似乎只做过很傻 × 的事儿。你哥出生之后，他买了一个西式的婴儿车，我问他：'这是干什么用的？'他说：'初夏傍晚，夕阳下山，你在护城河边用这个车推着儿子散步，多么美好啊！'我说：'一个婴儿车花掉大半个月工资，推着一个快饿死的儿子在河边散步，美好个你妈！'"

我问我老妈，她干过的最文艺的事儿是什么。我老妈想了想说："我干过的最文艺的事儿是生下了你。你是老三，那阵子计划生育开始变严，国家要求，消灭老三，我拼了老命生出了你，当时也不知道为什么。这些不知道为什么的事儿，现在想起来，似乎相当文艺。"

周作人说过："我们于日用必需的东西以外，必须还有一点无用的游戏与享乐，生活才觉得有意思。我们看夕阳，看秋河，看花，听雨，闻香，喝不求解渴的酒，吃不求饱的点心，都是生活上必要的。”天大的理抵不过“我高兴”。人活天地间，不高兴、不痛快的事儿太多了，占的比例太高了，在不给他人添麻烦的基础上，理直气壮地文艺一点，不着调一点，纯粹个人主义一点，生活会美好一点，梅花就落满了南山。

带着诗和香水离开

我尽管从三岁就开始吃粽子，但是到了很大年纪，还没怎么读屈原的诗。人们说，吃粽子的习俗和纪念屈原有关。公元前二七八年的春夏之交，秦将白起攻破楚都，屈原选择彻底离开，走向旷野，走向水，再也不回到所谓的文明。人们开始吃水煮的箬叶或芦苇叶包裹的饭团，纪念他沉入水中的样子。我和多数人一样，吃东坡肉的时候会背“明月几时有”，但是和多数人一样，吃粽子的时候很少会背“路漫漫其修远兮，吾将上下而求索”。原因也简单，尽管他的粽子和东坡肉一样简单好吃，但他的诗歌比唐诗宋词艰涩很多。那时候，秦始皇还没统一文字，战国七国用的汉字差异很大，发音和诗律也很可能各不相同，思想意识更没有统一。他描述的意象更本真、原始、自在、荒凉、刻骨，人、神、巫缭绕，和天地草木禽鸟更接近一点，和现代文明养育的现代人更远一点。“帝高阳之苗裔兮，朕皇考曰伯庸。摄提贞于孟陬兮，惟庚寅吾以降”，能解释清楚这《离骚》第一句的现代人，一万个里可能也没有一个。

我从三年前开始，背唐诗宋词感到一点点腻，一丝丝文明的腐朽盘踞在看似明澈清丽的字句里。我开始往更高古的诗歌里找慰藉，开始常读《诗经》和《楚辞》，常想在我们文明的源头上，人如何看待自己、男女、花草、天地、时间、祖先、战争、道义。

在和世界产生巨大矛盾时，屈原坚决地选择了离开。他不开心地在流放之地的河边溜达。他遇上一个披着儒家外衣的渔父。他说，他被放逐的原因是“举世皆浊我独清，众人皆醉我独醒”。渔父开始和他讲人生的道理，圣人与时俱进，世人都浊，你就搅浑水；世人都醉，你就对瓶吹。屈原回答说：“做不到啊做不到，我遍识花草，我热爱美人，我有洁癖，从灵魂到胴体。”渔父摇摇头，觉得屈原的自恋装 × 症已入膏肓，放弃了对他的治疗，不再和他理论，但是儒家的仁心作祟，临去时还是唱道：“沧浪水清泡龙井，沧浪水脏做足疗。”

在和世界产生巨大矛盾时，儒家的渔父们选择积极鸡贼地面对。生在盛世，努力的方向用张载的话概括就是“为天地立心，为生民立命，为往圣继绝学，为万世开太平”，充分用好自己这块材料，让世界因为自己而更美好。生在乱世，努力的方向用孟子的话概括就是“穷则独善其身，达则兼济天下”，照顾好自己，有机会就让自己的牛 × 闪烁一下，没机会就管理好自己的命根子，不要让自己的大毛怪控制了自己，带着自己做很多傻 × 的事儿。到了时局实在不可收拾，尽管无限贪恋豆浆油条院子妹子，渔夫们也选择离开，保命第一，保身心自由第一，“君子不立危墙之下”“小杖则受，大杖则走”，三十六计，走为上。

我十五岁的时候，青春逆反，血液里禽兽飞舞，我觉得屈原牛，宁可玉碎，绝不瓦全，非绝学不学，非班花不娶。我三十岁的时候，见了些世事，也做了些世事，班花也都嫁给了油腻腻的中年男人。我认同渔父们，有机会横刀立马，就多做一点，无常是常，一朝天子一朝臣；没了机会，就收拾起雄心和鸡鸡，爱古玉古瓷、读《周易》、听春雨，不知春去几多时。

如今，我四十九岁，我以每两天一章的速度重读渔父们皓首穷经写成的《资治通鉴》。这一遍，渐渐不再在意那些渔父重点提示的帝王术，而是越来越贪看这么多生死纠缠里面的荷尔蒙和人性。我时常想起屈原的句子，比如“惟草木之零落兮，恐美人之迟暮”。在和世界产生巨大矛盾时，我越来越认同屈原的做法，保有精神和肉体的洁癖，不管时俗，不管当天的天气，不再给傻 × 们任何时间，不再把欲望推给明天，带一具自己的肉身、一本古老的诗、一瓶饱满的酒、一瓶遥远的香水，找一小时、一天、一周、一月的时间，找一条河、一个湖、一段公路、一座山，用诗罩心，用酒罩头，用香水罩身，暂时不在如同死。

星空之下，时间之外。到哪里去？从哪里来？一切必失，只有自在。

北京建華

女神应无恙

约两千二百年前，乐师李延年给汉武帝刘彻唱了一首《北方有佳人》：

北方有佳人，
绝世而独立。
一顾倾人城，
再顾倾人国。
宁不知倾城与倾国？
佳人难再得。

约两千二百年后，我上中学，第一次在《汉书》里读到这首诗，不知道当时唱得咋样，但是觉着写的是真好。有些事儿和人，给我纯粹而毁灭性的烙印，完全没有太多的道理。这首古诗，没有一个难字，没有一点难懂，第一次读就觉得是首好诗，如今在我心目中还是排在前十位的好诗。中学的时候，为了追求“第一、唯一、最”，还是把中文第一部诗歌集《诗经》当作诗歌的极致。而这首《北方有佳人》没用《诗经》的赋比兴，也达到了《诗经》中最好的那些诗的牛 × 等级。没用赋，没用很多形容词去直接描述女神的头发啊，皮肤啊，腰身啊，也没用比，没“手如柔荑，肤如凝脂”这类听上去挺美、细思恐极的比喻，也没用兴，没“关关雎鸠，在河之洲。窈窕淑女，君子好逑”，而是直接说天时地利人和——北方，美人，秒杀其他、一时无二，然后直接从直男的视角说让直男内心造成的现实扭曲场：瞟一眼，城毁了；瞟一眼，国毁了。不是不知道家国飘摇，女神难再找。

第一次读到这首诗的时候，我还没遇见我生命中的那些女神。北京下雨或者下雪的时候，我就坐在窗边，一边默默背诵这首诗，一边碎碎念：真有这样的女神吗？我要如何找到她？找到她之后和她说什么？男的那么多，即使找到了女神，凭什么女神看上我？是不是要按诗里暗示的，我要先有个城可以被毁、先有个国可以被毁，女神才会看上我？如果女神只是在意倾城和倾国，那她是不是一个心理变态的灭绝师太啊？女神看上我之后，跟我回到住处，我是把她供起来，每天茶、花、香，还是每天大酒肥肉、酒肉后摸摸？女神的神力通常能持续多久？这么过一阵，女神不神了怎么办？还有啊，在男人的一生中，女神是只有一个吗？如果出现了一个女神小纵队怎么办？如果换位思考，女神她想要的是什么样的生活？女神知道她拥有的神力吗？女神知道如何运用她的神力吗？女神的结局都是怎样的？女神的神力会遗传吗？

后来，在毫无防备的状态下，发生了一个极小概率事件，我遇上了我的第一个女神，又发生了一个更小概率，这个女神似乎也不烦我。我明白了，李延年说的都是真的，古人诚不欺我，世间和人心中有唯一的真神存在，如果我当时有个城池、有个国家，如果我女神想毁着玩儿，我不会有一丝犹豫。再后来，也是在毫无防备的状态下，我遇上了我其他女神，心里的城堡毁了又建，神明里的王国建了又毁，佛陀诚不欺我，世间和人心中真的有轮回，没有智慧，就会常驻轮回。

我问过我第一个女神：为什么离开？“我要是知道就好了。”

为什么离开？“我不知道在一起的日常会是怎么样。”

为什么离开？“我知道你还会有别的女神。”

“人为什么不能有多个女神？”“如果能很舒服地想着你有我之

外的女神们，那还是爱吗？”

据说，李延年唱这首《北方有佳人》是为了和刘彻显摆他妹。据说，刘彻迷上了这首《北方有佳人》，反复追问这样的女神哪里有。远在天边，近在眼前，李延年就有这样一个妹妹。据说，后来，刘彻迷上了李延年的妹妹，李妹妹成了他的女神。再后来，李妹妹死了，刘彻还作了一首《落叶哀蝉曲》：

罗袂兮无声，
玉墀兮尘生。
虚房冷而寂寞，
落叶依于重扃。
望彼美之女兮，
安得感余心之未宁？

再后来，这首诗被美国诗人埃兹拉·庞德（Ezra Pound）用冯唐的方式翻译成一首叫《刘彻》的诗，在美国人民中口耳相传。

Liu Ch’e

The rustling of the silk is discontinued,
Dust drifts over the court-yard,
There is no sound of foot-fall, and the leaves
Scurry into heaps and lie still,
And she the rejoicer of the heart is beneath them:
A wet leaf that clings to the threshold.

如果真的、真的只能带一口箱子

一九九八年的夏天，我医学院毕业，第一次坐飞机，从北京经停旧金山飞亚特兰大，我带了一口大箱子。这口箱子不仅没有四个轮子，一个轮子都没有，移动起来全靠两膀子的力气。箱子很沉，我坚持要带书和方便面。在我熟悉商学院图书馆之前，我怕没书会闷死；在我的胃能忍受长期汉堡包之前，我怕没方便面会饿死。除了书和方便面之外，我老妈坚持要我带一口大铁锅，说，有确凿消息，同样这口大铁锅，在北京卖三十块人民币，在美国卖三十美金，按当时的汇率，相当于三百块人民币，只要带过去，就是占了大便宜。我那时候刚刚毕业，商业素养和社会见识还浅，没反驳我老妈，默默让铁锅占据了箱子一大半的空间，铁锅里面和周围尽量码满了书和内裤。现在想来，考虑到路途遥遥和货值渺小，就算那时候再穷，就算这口锅在美国能卖一百倍的价钱，也不该带。其实，如果当时我老妈真不顾忌我肉身的安危，也应该把她私藏的青铜饕餮纹尊或者后母戊大方鼎让我打包带走。

从这口铁锅受益最大的是我室友 Igor，一个马其顿的前特种兵。我到美国住处的第一个夜晚，他帮我把这口大箱子拎到山坡上的住处，轻盈得仿佛拎一只刚死的山鸡。我用这口铁锅炒我唯一会的中国菜——醋熘土豆丝。每次我炒了想慢慢吃一周的量，Igor 都一顿吃光，每个周六他都去买很多土豆和一瓶龙门米醋，洗好那口大铁锅，然后眼巴巴地看着我。

从那以后的十八年，直到最近，我一直过着居无定所的日子。在美国两年搬了四次住处，在北京和香港十四年搬了七次住处。到了二〇一一年前后，出于工作原因，长期奔走于四个城市，住处变成了四个。二〇一五年下半年，决定搬回出生地北京广渠门外垂杨柳，打算后半生就耗在这儿了。有确凿科学证据表明，后半生在自己非常熟悉的环境和器物中生活，可以有效延缓老年痴呆的发生。我前半生有时候过分刻薄，特别是在三十五岁之前血气方刚的时候，我确信有不少人等待着我变得呆傻痴懵的那一天，我不想他们过早地体会这种快乐。

各种身外之物从十个住处和办公室陆续装箱运回。北京、香港、深圳、昆明的四个住处和办公室，加上北京爸妈住处（存了一些医学院时候的东西）和美国，一共十个地方，一共三百多个箱子。这些箱子堆到我要终老的住处，四面、各处、到处，都是。

我站在屋子里仅存的一块稍大的空地上，四望，感觉非常复杂，仿佛面对一具恐龙骸骨、一座隋唐古墓、呼啸而过的自己的上半生。这三百多个箱子，开包、收拾、整理、归位、上架、丢弃、销毁，是个漫长的过程。从二〇一五年下半年到二〇一六年上半年，我在北京能挤出来独处的时间再被分为两半：天气好时的一半去护城河边跑步，抵抗比感冒更经常到来的抑郁；雾霾时的一半就躲在住处收拾东西。

扔了一半衣服，还是剩下那么多的西装、衬衫、领带、牛仔裤、T 恤衫、冲锋衣、皮衣、羽绒服挤在衣帽间里。我想，既然这么多衣服这么长时间没碰，估计将来碰的机会也不多，如果不是因为喜新厌旧和臭美（号称以购买的方式向设计师致敬），在死前可以一件衣服也不买。

VCR、DVD、CD，都扔了，反正付很少的钱，网上都有。

纸质照片，基本都扔了，个别觉得有意思的，扫描之后，扔了。

各种文件的工作稿，基本都扔了。本来就剩下不多，一直的工作习惯是自己不留文件。

各种会议纪念品、工艺品，都扔了，做这类东西的人实在是浪费人类资源。

书是最让我纠结的，总觉得基因决定了，我最大的快乐还是读书，估计到了六十岁之后，触摸纸书的快乐将会大于触摸妇女。还是扔了一些书，有些书速朽，现在就可以确定它们毫无价值。不少书是作者的签名版，有几个作者已经病故了，其中一本书上写着："欠你稿费四百五十元，下次充酒钱。"这个作者三年前胃癌扩散死了。看着满书架子的书，我算了一下我的读书速度，就算我马上辞去一切正经工作、停下一切不正经项目，我在我的余生里已经读不完这些书了。有些我想读的书，我的双手已经不可能在它们还有生命的时候触摸了。

游戏光碟、硬盘、自己平均使用过两年的各代手提电脑都留着。我还是幻想，有一天，我能像我唯一的外甥一样沉迷游戏，不问世事。硬盘里还有足够的东瀛爱情动作片，尽管像素不高，但是我眼也花了。如果盘点东瀛对人类最伟大的三个贡献，爱情动作片和方便面一定名列其中。

沙发之类的软家具都扔了，硬木明式家具都留着。早期买的这些或古董或新造的硬木明式家具都涨钱了，相当于免费用了十多年。

收到的手写的信都留着，反正不多，一个小小的纸箱子就够用了，小得仿佛一个骨灰盒。我偏执地认为，手写的信比 E-mail 包含更多信息。

古董都放进了保险柜和保险屋。我一直不太相信人民币现金，有点钱就换成了古玉和古瓷。不少古董都记不得从谁那里什么时候以什么价格买的了，我觉得我对不起它们，心中暗暗发誓，有生之年要好好端详、把玩、描述它们。

茶都留着。茶陈足够久，都变普洱了，都不难喝。

酒都留着，我知道它们很快会被喝光。四十五岁后激素下降，又见多了是非成败转头空，就靠跑步和酒精维持适度的幸福感了。

收拾到百分之八十左右的一天，突然断电了，北京八月，我的汗很快将衣服湿透。我站在屋子当中，忽然想，“人生天地间，忽如远行客”，如果真的、真的只能带一口箱子，这一屋子东西里，我挑什么带走呢？

这种可能真的、真的存在：地震了，厌倦了，被逐了，战乱了，空气、水和网络通畅差到明确影响身心健康了。

尽管我是出差专业户，五分钟装箱出门，这次我认真思考了很久，如果真的、真的只能带一口箱子，那种能带上飞机的随身四轮拉杆箱子，我带什么？答案如下：

一衣：一条牛仔裤、一件圆领衫、一件羊绒衫、一件带帽子的

2020
Jan.
一月
因为有明天
我们才能熬过长夜

薄羽绒服、一条又厚又大的羊绒围巾、一双跑鞋。

一书：还是贪婪，就带一个 Kindle 吧，尽管摸着不如纸书舒服，但是装的书多。我想再带几封过去的老情人的信，带一两种宋代字帖，蔡襄的或者米芾的，如果只能挑一种，那就米芾的，他更自然嚣张。字帖里面的信息比简单的印刷体多多了。

一茶：带一饼好的古树生普，经泡，二十泡之后还是微甜的。带个口径大些的北宋建盏，十四五厘米，可以喝茶、喝酒，还可以当饭钵。一个小号的保温杯。

一玉：带一个玉质好的龙山文化期的小琮吧。苍璧礼天，黄琮礼地，小琮壮阳。而且，对于我来说，古玉越来越从艺术品变成了必需品，在床上摸着舒服，摸着才能安稳睡去，在书桌上，还可以当笔筒，放几支笔，还可以当花瓶，插一枝花。

一酒：带那瓶一九八九年的奥比昂吧。一个曾经恨我的人送过我一瓶，还贴了一张小条："听说，这是一瓶很好的酒，你喝了这瓶酒就可以去死了。"其实，Robert Parker（罗伯特·派克）的原话是，这是一瓶能让你喝了死而无憾的酒。

一木：带我太姥姥留下的那串紫檀念珠吧，在那个平行时空里，祖先会思念他们在地球时候的物件，会保佑珍视那些物件的后人。

一香：带点沉香木吧，水土不服的时候，心神烦躁的时候，熏一点，有满足感。

一器：带一支好用的钢笔，一支不太容易磨损的便携毛笔，一个不洇墨的记事本，一个有东瀛爱情动作片精选的硬盘，一台键盘好使的电脑。在百无聊赖的时候，自己写故事给自己看，自己写诗感动自己。

我挑得对吗？

想对女性说的话

每晚享受的睡前时光就是看着书直到睡眼惺忪沉沉睡去。可是午夜梦回被架在床头的 Kindle 出现的黑色人头吓醒，发现是它的关机广告“82 年某某某”。

这个社会养活了很多社会学家、鸡汤作家、丧文化。这些研究社会的结论和我个人的常识严重不符。比如，社会学家的统计说男性数量远远多于女性，这个势头恶化下去，将和贫富分化以及城乡差异一起构成将来社会最大的三个不稳定因素，阴阳不调，男性被憋疯了之后，成了社会不稳定因素。环顾周围，我看到的好看的女性远远多于男性。看到的无论哪个年龄的女性多数是好腿好腰好臀好脸蛋好头发好肉身，不上妆，远看近看都好。所以我更不明白在二十一世纪的第二个十年的最后一年，为什么还有人在告诉这些女性人生是无法逃脱的困局？

几十年前，大家还在讨论中国男性喜欢男上女下，老婆最好比他差，所以A男娶B女，B男娶C女，C男娶D女，A女一不留神就成了剩女。听说中国未婚大龄文艺女青年基本落入四种结局：孤寡、后妈、拉拉、出家。

在相对有限的资源中，如果由经济学中的供给来决定分配权，那么就会造成双方力量的不对等。这种强弱关系就会造成强者越强，弱者越弱。在婚嫁社会如果把A男放在市场供给的顶端，A男掌握的资源越多就越会造成女性永远的竞争弱势。

倘若我是女性，追求破局希望更美满的结局，我和经济学家帕累托的观点一样，就是重新分配资源的同时不去进行弱势竞争。

第一，小宇宙强大高于一切。世界观没有对错，但是有差异。人生观没有好坏，但是有的强大，有的弱小。没有被说服，坚持到最后，世界和人生就是你的。强大的小宇宙逻辑严谨、论据充分，在别人眼里，在风雨里，独自混蛋着，简单牛着。坚持自己的底线，无论是长辈、上司、好友还是整个社会企图利用你的女性本能让你服从容忍和奉献于他们的愚蠢理论。不要觉得他们会感谢，相反他们会利用你的责任心、负罪感来达到目的的原因就是觉得理所当然。不要像82年的某某某一样软弱，你的自由意愿高于一切。如果有人对你说："去怀孕吧，我会帮你的；去辞职吧，我会养你。"回答他们："只有我是自由的时候，我才有足够的能力来帮助自己和身边的人。不要以什么我是女人或者到年龄了这样的话来作为请求我帮助的理由。如果需要我的帮助，找点更好的理由。"当然也可以直接说"滚"。

第二，保持身心自由才能自己掌握市场资源。永远记得不要被市场吹捧的欲望所左右。所有的包和所有的口红都比不过自由。太多的欲望是枷锁。只要有足够的钱满足自己的衣食住行，有足够的钱给自己买花戴，买春天新上市的长长的裙子穿就不要被他人左右了欲望。

第三，身体健康。不能吃口冰激凌就胃痛，气压一低就头晕，看见月亮就伤心。身体一不好就容易脆弱，就容易渴望一个肩膀靠着慢慢让头不晕，一只男性的手握着自己的手慢慢让胃痛过去。为了这种虚无的渴望，女生常常干出令自己头发上指的蠢事。

第四，有个半专业的爱好。哪怕是去伦敦占星学院学占星，哪怕是醉心公益，哪怕是热爱《植物大战僵尸》。用爱好转移注意力。用体力运动代替脑力运动，让大脑彻底休息，跑十公里步、游两公里泳、谈一顿饭的恋爱。

第五，有三五个小宇宙类似的闺密。类似的小宇宙在一起，一加一远远大于二，共同抵御生命中的邪风妖气。

第六，远离老男人，尤其是我这样的中年油腻男。他们四十年前就开始就着北京白牌啤酒看春山春水春花，抱吉他，抱姑娘，抱《朦胧诗选》。他们像《西游记》里的老妖，肺腑里吐出的舍利球常常能熨平皱纹，抚慰心灵。他们依然活在二十世纪 A 男为天的虚幻中。他们怎么能入你的眼呢？

锦囊之外的超级锦囊是：如果真的不想嫁，就别嫁了。男生是比女生低很多的物种，二货、傻 × 居多。绝经之后，退休之后，与剩下的闺密和老男人结成社会主义互助组，一起补钙、饮酒、扯淡、旅行、泡澡、混吃等死，不知老之将至。

什么是风骨？

传说中，一千五百多年前，刘义庆编了一本《世说新语》，初读似乎契合儒教，分三十六篇，前四篇就是《德行》《言语》《政事》《文学》，也就是所谓的孔门四科。再读、三读，和礼教相反，和后世很多歪斜的码字人一样，正经之后，他唠叨的就是酒话、闲话、胡话，既然改变不了现世，那就郁积在心里，在心里郁积久了再被酒勾，春花开呀开，落了一地红粉、一地璎珞，秋风吹呀吹，剩下啥，啥就可能不朽。刘义庆在《世说新语》里记录诡异，留存细节，排列类似，自己躲在其他人后面，小心谨慎，不下结论。

我在麦肯锡工作多年，一直被训练总结和归纳的能力，必须在有限的两三个月内做出结论，必须在更有限的三分钟内表达清楚。数据、案例、访谈记录等纷繁复杂的信息注入脑子，脑子就是厨房里的铁锅，煎炒烹炸，得出三到九点结论。各点结论之间，必须做到不重、不漏，最好能说得水晶般清澈，最好能有一两点是常人想不到的真知灼见。每天牺牲睡眠，十年磨一剑，我渐渐习惯了这种表达的方式，一二三，一二三，讲话常常只说三点，绝不多于九点，人送外号“冯三点”。这种技能逐渐养成之后，总被人要求总结归纳一些非常难以总结归纳的东西，就像我手劲儿大，牙口好，所以常常被人央求徒手开罐头、槽牙碎核桃。

这次有师弟让我总结归纳，什么是风骨？

他的疑问也是我的疑问。“有时候总觉得有些人傻 ×，但是又说不清为什么。有时候总觉得有些牛人，似乎做得很出格，但是还是牛，也说不清为什么。傻 × 和牛人在纸面上的界定是如此不清，但是在现实中确实一眼就能分开，这是为什么？如果时间足够长，一些傻 × 装牛 × 的努力绝大多数以二 × 告终，老天似乎从来不开眼、不留情。”

想来想去，还是认为，这些不解的核心是做这些事儿的人是否有风骨。

我想到的第一本参考书是刘义庆编的《世说新语》，印象里似乎页页是风骨，但是打开细看章节，三十六篇里没有一篇叫《风骨》，所以只好勉强总结归纳。

第一，风骨是正觉。能看清事物的本质，不为幻象和噪声所迷惑，知道哪些是金子，哪些是屎。东汉末年，董卓想随便玩，袁绍反对，董卓按剑骂：“小王八蛋，你敢！天下之事，岂不在我？我欲为之，谁敢不从？你以为董卓的刀不够快吗？”袁绍梗着脖子回答：“天下健者岂惟董公？”然后横佩刀而去。尽管后来天下也不是董卓的，也不是袁绍的，但是那时候袁绍还是比董卓更明白，尽管你刀快，然而事儿还没完。清朝末年，辜鸿铭参加宴会，权贵云集，外国记者问：“您觉得中国如何补救？”辜答：“把在座的拉出去枪决掉。”二〇一五年晚秋，我和我老妈散步，柿子摔下来，一地恶心。老妈说：“你如果成比例地从高处摔下来，比这还恶心很多。”

第二，风骨是敢真。直面自己的内心和肉身，客观坦然，不惮于承认技不如人，也不惮于自认天下第一，仿佛一只诚实的阿尔法狗，“敬饶天下两子”。不怕暴露甚至纵容自己的癖好和弱点，不管世人说三道四、口诛笔伐。《世说新语》里，阮籍邻家酒馆的老板娘很美丽，阮籍常常去她那里喝酒，喝多了就在她身旁睡倒，始终屁也没干。周作人叹了一口气：“我在北京彷徨了十年，终未曾吃到好点心。”梁启超形容自己学习能力强悍，“点起一盏油灯，日文就会了”。郭沫若形容自己学习能力强悍，“一个星期学会了甲骨文”。虽千万人不同意，但我还是坚信，《不二》写得比《肉蒲团》好。

第三，风骨是知止。面对人性编码中无尽的黑暗和自己的执迷，哪怕千万人都会从这里掉下去，“安禅制毒龙”，按住肉身里的大毛怪，牵回草地里的牛，就是不掉下去。鲁迅在遗嘱里说：“孩子长大，倘无才能，可寻点小事情过活，万不可去做空头文学家或美术家。”刘文典讲庄子，开章明义：“《庄子》嘛，我是不懂的喽，也没有人懂。”孔祥熙请潘光旦调查家谱证明他是孔子后人。潘光旦说：“山西没有一家是孔子之后。”孔子说：“天下有道，丘不与易也。”各人有各人的好处，我敝帚自珍。

如果以上三点非要归纳为一点，那就只保留底裤，所谓风骨，就是人类作为人类该有的样子，哪怕现世千万人都不这么认为。

非常难听、非常深情

晓明今天来我办公室看我。

好久没见，他微微胖了些，还是那么白、那么俊朗、那么萌。请他吃了我写字楼里他家乡的台州菜小海鲜，三盘菜他都吃光了。吃饭的时候，他给了我一张新的名片，正反两面、蓝白相间，还好，还有些留白，没把全部的名头都印上。我问他一盘小鱼的名字，他说了三个名字，我记住了一个，鱼豆腐。他笑起来还是少年时代的样子，一副“我拼命学坏也学不坏”的好孩子样子。

我知道他已经是中国著名的妇产科大夫，我知道他创立的中国妇产科网已经运行十几年，集中了中国九成以上的妇产科医生，福泽很多人，但我还是反复想起他给我看工资条的样子。

那个工资条是一卷极窄，但是极长的打印小条，似乎是个微缩版的手卷，又似乎是个地下工作者的记录，慢慢展开，是各种科目细小、金额细小的收入明细：洗头费、洗澡费、置装费、防暑降温费、公交补助、大龄未婚补助等等。我记得他苦笑一下，说，工资真是这么少，问我：“即使工资这么少，我没拿过一个红包，你信吗？”我想都没想，说：“我信。”我当时心里想的是，这个工资条侮辱了他，如果有机会，我想联合一切可以联合的力量，让这种工资条在从事医疗救护的师兄师弟师姐师妹的生活中消失。多年以后再见到他，他也离开了公立医院的体系，成为沃医妇产名医集团的创始人。他说他要改变医疗，让周围的世界更美好一点。

这次来访，晓明还带了两个摄像机来，问了我好些关于妇产科的问题。好久没人问我妇产科的问题了，这些问题让我想起了以前的一些事情。我忽然意识到，我也曾经有机会成为一个很好的妇产科大夫或者生物医学科学家啊。

晓明和我从一九九〇年到一九九三年同室而居，先是在信阳军训，然后在北大生物系上医学预科。他的家乡浙江黄岩盛产橘子，每次从家乡回来，他都带两箱甜极了的橘子。把箱子放在宿舍窗户的护栏上，室外冷，希望多放一阵，告诫室友，不要偷吃。其实，橘子腐朽的速度远远比不上我这样的室友偷吃的速度。他问我们橘子去哪里了，我们告诉他，烂了，扔了。其实，都没浪费，都扔我们肚子里了。

后来回到协和在东单的本部，晓明和我不在一个宿舍了，但是还在同一个宿舍楼的同一层。他香菜过敏，视香菜如同洪水猛兽。好几次，晓明晚自习之后饿了煮面，煮好方便面、放好从黄岩家乡带来的紫菜丝和小虾皮、去厕所洗洗手准备美餐一顿，我闻到香味赶来，就往面锅里放一些香菜。然后他洗手回来了，我就在他的咒骂声中，吃掉那一小锅美味的方便面。

晓明还有一些美丽的高中女同学，她们时常给他寄照片。有个女同学叫安娜，不是艺名，是本名，字迹娟秀，照片上人也美，一看就是在山清水秀的地方吃很多活鱼长大的。晓明反复读她的信，反复吟唱费翔的一首歌曲："安娜，每次我都会这样呼唤你，每次这样呼唤你，爱的季节我们相遇，你没有介绍自己，要我猜猜你的名字，我说这是一个难题。"他唱得非常难听、非常深情。

从年轻的时候，晓明就非常有正义感。有一次我女友拉我在北大二十八楼西侧的一棵大槐树下畅谈人生之后，他严肃地和我女友说："以后请你不要这么做了，一夜不睡，冯唐很难受，要好几天才能缓过来。冯唐是要为人类做出贡献的，以后请你不要这么做了。"一夜不睡的我的确很难受，的确加深了我对爱情的恐惧感和荒谬感，但是我更不清楚为什么我要为人类做出贡献以及我能为人类做出什么贡献。

采访的最后，晓明问我是否还记得毕业论文的题目。我说，烧成灰我都记得：《表皮生长因子 - 表皮生长因子受体 -c-myc 信号传递通路在卵巢癌中的存在及其与 DNA 合成、细胞凋亡及其预后的关系》。

这个题目就是现在说出来，都很酷的样子。二十年后，晓明让我忽然意识到：二十年前，我似乎有机会成为一个好妇产科大夫或者好科学家。

但是这一切都太晚了。

如初吻，如初夜，如仓颉在造字时

很早知道傅山书出颜真卿，强调“宁拙毋巧，宁丑毋媚，宁支离毋轻滑，宁直率毋安排”。后来知道他是个医生，尤精于妇科，著有《傅氏女科》。我十岁前临过三年多颜真卿，后来学了八年医学，最近闲翻书，翻到傅山的如下字句，想到很多，想和他聊聊。

“旧见猛参将标告示日子‘初六’，奇奥不可言。尝心拟之，如才有字时。又见学童初写仿时，都不成字，中而忽出奇古，令人不可合，亦不可拆，颠倒疏密，不可思议。才知我辈作字，卑陋捏捉，安足语字中之天！此天不可有意遇之，或大醉后，无笔无纸复无字，当或遇之。”

在我的心目中，如果把发明定义为无中生有，文字是有史以来人类最伟大的发明，没有之一。没有文字的文化似乎是很容易消亡

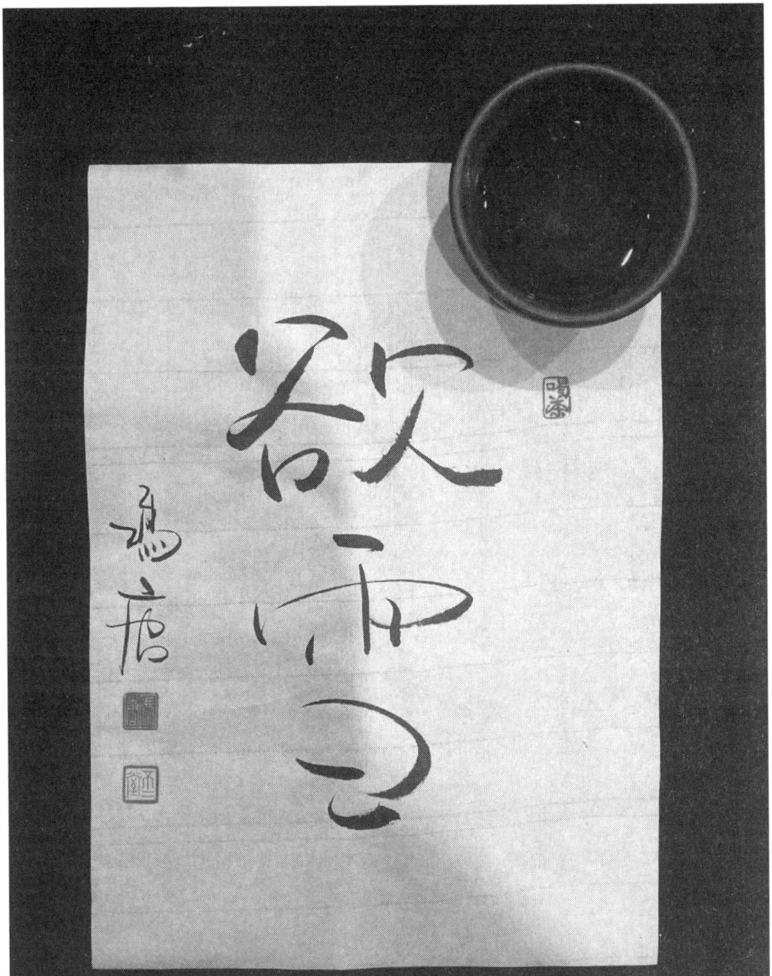

的文化，很难演进成王朝。中国人用玉的历史远远长于用文字的历史，古玉和古瓷上如果刻有文字，价值高于同类型没有刻字的几倍到几十倍（尽管我痛恨乾隆安排造办处在古玉上刻字）。带三种文字的埃及罗塞塔石碑是大英博物馆的镇馆之宝，带四百九十九字的西周毛公鼎是台北故宫博物院的镇馆之宝。

在我的心目中，手写汉字是中国人最优美的艺术，至少是之一。和印刷字、美术字、电脑设计的艺术字相比，手写字有无法比拟的温暖、自然、动人。简单的几个手写字就可能包含了巨大的信息量：谁写的？什么时候写的？什么心情写的？那时的天气如何？洗手了吗？喝酒了吗？吃饱了吗？性交之前还是之后？手上、腕上、臂上哪块肌肉用得更多？

我一直积攒签名书，也一直在收集我心目中文学英雄的手写字，我总觉着，除了他们文字的内容之外，他们的手写字能给我巨大的信息和能量，穿越时空，击打心胸。可惜的是，这些文学英雄的手写字早已很贵，唐宋八大家的尺牍信札动辄上亿元，鲁迅等民国人物的动辄上百万元，尽管贵得有道理，但是已经贵到我买不起了。

听说日本还保留着中国科举时代的传统，面试时要求手写一段文字。在现世，一个人的脸可以被整形或者微整形，可以被化妆术变得很美，一个人的照片可以被PS或者被美图秀秀，但是，即使在现世，一个人现场写的字很难撒谎，比星座、血型、生辰八字更能揭示一个人真实的三观和做人做事的风格。简单的白纸黑字如果美起来，能让人想到世间最优美的事物：流水、行云、流星、飞鸟、春风、秋光、微醺、慢吻、兰花、长发。

我完全没仔细研读过书法理论，在读到傅山的这段文字之前，我一直怕露怯，怕行家嘲笑我的审美品位，一直不敢公开心中一个长久的疑问：为什么至美的汉字书法常常不是书法家写出来的？

让我动心的至美书法常常在如下的角落里出现：在日本清酒的瓶子上，“国士”“李白”“獭祭”“十四代”“梦正梦”“美少年”；在一些古人烂醉之后，一休和尚的“美人阴有水仙花香”、王羲之的“痛贯心肝”、苏东坡的“死灰吹不起”；在偏远的摩崖上，“即心即佛”“鹤室”“魏故征虏将军”；在如今的路边，“补胎打气”“停车住宿”“私造枪支是违法的”；在《资治通鉴》的工作稿；在抄经人赶时间的经书上；在精神病人的手写日记里；在秦朝统一文字前的六国印信里；在统一之后汉代私搭乱建的住房的瓦当上；在中药柜子上，“通草”“紫菀”“葛根”“莲子心”。

我不是书法理论家，没有能力也没有责任探讨为什么会这样。十岁之后，我一直拿个硬笔在本子上记笔记、写访谈纪要、画PPT

自己的事情自己做
不给别人添麻烦

草稿，全然忘了自己还临过三年多的法帖。四十岁之后，反正自己写的书上要自己签名，我还是拿起笔来就写吧，管它硬笔、软笔。写时凝心，看者舒心，就好了。

每次拿起笔来，无门无派、无古无今、无法无天，如才有字时，如自己如仓颉在造字时，如初相见，如初吻，如初夜，如太初。

出走半生，重新进入我的城

似乎每个行当都有自己的独门工具，医疗的听诊器、投行的HP 12c计算器、咨询的PPT，写作也不例外。二十多年写作下来，我心目中作家的三大神器是：睡袍，初恋，故乡。写作需要保持身体温暖并放松，这样灵魂进出肉身才能从容，文字从指间流出才能自如。一件干净、破旧、厚实的睡袍是必备，最好再加一双厚的袜子和拖鞋。写作难免需要从回忆中提取超出寻常精度的生命细节，有个刻骨铭心的初恋可以明显提高提取的速度和准确度。写作需要有深度和广度的生活，如果深度和广度不得不取其一，选择深度。深度的生活离不开一个故乡，一个好的作家对于他的故乡恨之入骨、爱之入骨，比任何其他人都更加了解故乡的每一寸肌肤和每一个孔洞。

对于我来说，狭义的故乡是垂杨柳的方圆五里，广义的故乡是整个北京城。二〇一六年我重新搬回北京垂杨柳，开始我的后半生。听某个流派的科学家说，早些回到前半生最熟悉的环境里，旧时风物频繁刺激记忆，在很大程度上能缓解阿尔茨海默病的到来。在二十多年的写作过程中，我在有意无意中得罪了很多人，人数很可能到了千万级，我想晚点变傻，不让这些人看笑话。

重新进入京城，重新用眼耳鼻舌身意去体会故乡，有很多地方依旧粗鄙不堪，但是有些地方依旧明艳绝伦。从这些地方选我心目中的燕京八景，在我的下半生，在雾霾还适合人类活动的那些天里，我就去逛逛。

一、三里屯。在三里屯附近上了六年中学，那时的三里屯几乎没有酒吧。现在的三里屯拥挤、凌乱、肮脏、嘈杂，但是丰富、新鲜、旺盛、混沌，有万物之初的欢实劲儿，有太古做的 Village，有工体，有大董的旗舰店，有我师妹开的 Bubble Bar，有独一无二的雪崴天妇罗。

二、第二使馆区。三里屯北小街，聚集了很多洋人使馆，所以洋气。现在比以前多了高高的铁栅栏，把各个使馆都围了起来，但是过了这么多年，铁栅栏里面各式各样的建筑还是很好看。很多树，小窄的路，没高楼，是北京最像上海的地方。

三、草场地。现在的草场地几乎已经没有盖新房的地儿了，路更窄、更乱、更没方向感，但还是很艺术，还没有像 798 一样全面媚俗，还有足够的怪咖聚居在一起创造这个世界上从来没有过的无用之物。

四、北京大学。北大有世界上最美校园（没有“之一”）。过去二百年来，北方非皇家园林被战乱、天灾、人祸毁坏殆尽，北大未名湖一带几乎是最后的遗存。我更喜欢未名湖西北那一群无名池塘，深秋的时候有天下最美的残荷。现在建了不少房子，包括斯坦福中心，北方那种萧瑟之美少了很多。燕南园变化很小，还是我心目中最像教授居住的地方：几乎全是独栋的小房子，几乎没有任何商业建筑，很多不整齐的树，很多野猫。

五、颐和园。如果在非节假日一开门就进园，沿着围墙内侧跑最大的圈，那个圈是世界上最美的十公里。再走走西堤，那是世界上最美的四五公里。运气好的时候，天儿是接近于无限透明的蓝，西山层叠，佛塔遥立，一线堤岸，两面平湖，比苏堤更爽清。因为乾隆仿苏堤修了西堤，我在心里几乎原谅了他对于中国古器物做的所有破坏。

六、故宫博物院。一个城市灵魂的高度体现在它的博物馆。从这个维度看，上海、香港、深圳、广州还不是世界级的超一线城市。

从这个维度看，世界级的超一线城市是东京、纽约、巴黎、伦敦、北京，北京有故宫。绕着宫墙走一圈，那是世界上第二美的四五公里，TRB 靠窗的那个能看见筒子河和东华门的二人台很赞。

七、后海。我对于北京城最大的一个妄念是西海、后海、前海、北海、中南海连成一片，形成一个没有围墙的巨大的中央公园。水系周围是连续不断的跑步径和自行车径，行人不会被任何车辆打扰，没有任何一个房子阻断公共道路、独占一段湖景。第二大的妄念是全面恢复护城河水系，从 CBD 核心区可以坐船去颐和园。第三大的妄念是恢复全部城墙和城门，如果实现，那将是世界上最独特的马拉松线路之一。

八、东单三条九号院。今年协和医学院建院一百年，九号院是协和医学院的校址。我生长在一个宗教意识淡漠的环境，九号院就是我心里最接近于庙宇的地方，集中了关于生死、古今、中外的很多智慧。我任何时候去，在汉白玉台阶上坐坐，发发呆，都能汲取到巨大的精神力量。

写到这里，八个名额已满，我似乎还有好几个大爱的地方没有列出来，比如琉璃厂旧书店、华威桥周边的古玩城、鼓楼东大街、也挺洋气的丽都、很多古树的天坛、野长城、八大处和其他一些郊区的寺庙，比如自己的住处、住处里面的书房。

最后需要强调的是，最好的风景还是人，对于我来说，北京城最美好的还是那些介于神经和神奇之间的大神儿朋友。

写给二十年之后的我

我有个大我九岁的哥哥，昨天开车离开北京，去海边了。他恨北京，但是又怕冷，所以冬天像熊一样宅在北京的暖气里，暖气一停，海棠花一开，他就逃离北京，去山东的海边杀掉一年里的其他时间。

就像他习惯性地恨北京一样，他也习惯性地打压我，在过去的四十年里，总强调我不如这个人、不如那个人。在世俗的标准里我似乎比这些人牛了之后，他又会强调一切到最后都是无意义，无论从宇宙还是佛法的角度看，我们都如恒河沙一样平淡无奇。昨天，我给他饯行，他没喝酒，平生第一次没打压我，说了如下的话：

“老弟啊，我不是打击你啊，其实人和人都差不多，谁能比谁强多少啊？但是，极其个别的人，后天遭遇了绝大多数人没遭遇的事儿，还万幸地活了下来，就成了所谓的天才。所以，天才不是天生的，天才是后天的偶然。比如我的一个同学，失手把三岁的儿子从三楼摔了出去，儿子竟然没死没伤，之后看什么事物都是0和1的组合，后来他儿子就成了顶尖的电脑黑客。我回想你的成长，你五岁那年生了场大病，甲肝、高烧、胆道蛔虫剧痛，差点没死掉，活过来之后，你脑子坏掉了。还有啊，十岁那年夏天，下雨，你不赶着回家，在槐树下坐着，看中学的女生放学往家赶，雷劈下来，槐树死了，你没死，你脑子进一步坏掉了。所以，从今天起，我承认你与众不同，是个后天形成的天才。”

我今年的生日很快就要到了，我很快就要四十六岁了。我被我哥哥的话提醒，回看我被雷劈的前半生，我如果在二十六岁时遥想四十六岁，我会如何勾勒这二十年的日子？

我很有可能会留在协和医院妇产科，每天六点起床，七点查房，九点上手术或者出门诊，中午或许能睡一下下，下午再上手术或者泡图书馆，晚饭或许能喝一点酒，酒后想想某个美丽的护士或者某个美丽的病人。某些局部的细节或者整体的感觉，多数时候也就是想想，少数时候想得难受了，就写写。我手臂小肌肉群能力出众，这二十年里应该做了不少台很好的手术，让不少妇女延长了生命，但是这些人中的小一半会在手术后的五年内死去，战胜不了卵巢癌的大数规律。我比较鸡贼，这二十年里应该能选好合适的科研角度，在《中华医学杂志》《中华妇产科杂志》等“中华”系列杂志上发表二十篇以上的文章，如果运气好，或许还能有一两篇发在 *Nature* 或者 *Science* 上。在二十六岁之后的二十年里，我应该可以升教授，但是协和妇产科有六十个比我更资深的教授，所以我没有一丝可能做妇科主任或者副主任。

实际发生的是，我二十七岁协和医科大学毕业，马上就去美国念商学院了，出来进了麦肯锡，靠想说清楚商业上的复杂问题挣钱吃饭，一干小十年。后来去了一家央企，先负责战略，做了六家上市公司的董事，再后来创建了亚洲最大的医疗集团。四十三岁后辞职，全职做医疗投资，至今。

这二十年里，每周八十小时的工作并没有成功抑制住我的表达欲，压榨睡眠和假期，周末写杂文，春节年假写小说，大酒吐完写诗歌，大概两年成一本书，迄今为止，出了六本长篇小说、两本短篇小说集、三本杂文集、一本创作诗集、一本翻译诗集。

我哥哥有一次喝多了说：“其实啊，你在文学上的运气超级好。你看啊，你写十五岁到三十岁的半自传‘北京三部曲’，拍成了影视，很多青春期的学生会读，很多想了解北京的人会读。你酒后乱写的‘怪力乱神三部曲’，《不二》成了卖得最好的繁体中文小说，

你还没被佛教徒打死，你真鸡贼，你怎么不写其他宗教呢。过去十年，你短篇小说也卖了好几个电影改编权，你杂文集一直就在你瞧不起的机场书店里卖着，你还创立了超简诗派，每年一到三月，有自来水的地方就有人提到‘春风十里不如你’，多少诗人写了一辈子，一个字也留不下来啊。其实啊，你想想，你还想干吗？多寿招辱，你现在死掉，相当完美。”我想了一下，我哥哥说得对，我心目中的文字英雄，多数没活到我现在这个岁数。卡夫卡，四十一岁死了；劳伦斯，四十五岁；王小波，四十五岁；凯鲁亚克，四十七岁；卡佛，五十岁。

一个日本朋友送了我一张巨大的纸，纸的大标题是二十一世纪，下面密密麻麻地列了从二〇〇一年到二一〇〇年的每一天。他想用这张纸劝我的是，珍惜光阴，努力奋进。我在这张纸的面前站了一阵，我清清楚楚地看到一个事实，在这密密麻麻的日期里面，必然有一天是我在人世的最后一天。我想到的是：

第一，绝不在无聊的人和事儿上浪费时间，哪怕一天。

第二，继续用各种可能的方式推进医疗的进步，缓解人类肉身的苦。

第三，呼吸不止，写作不止，老老实实地放开写，能写多少算多少，看看还能写出多少人性的黑暗与光明，缓解自己和他人内心的苦。

第四，少见些人，多读些书。见人太耗神，做幕前工作我蠢笨如猪，在书里和写作里，我游得像一条鱼。

活着活着就老了，活着活着就挂了。

天亮了，睁开眼，又赚了。

希望二十年后能看到你。

PART

5

一个人的乐园

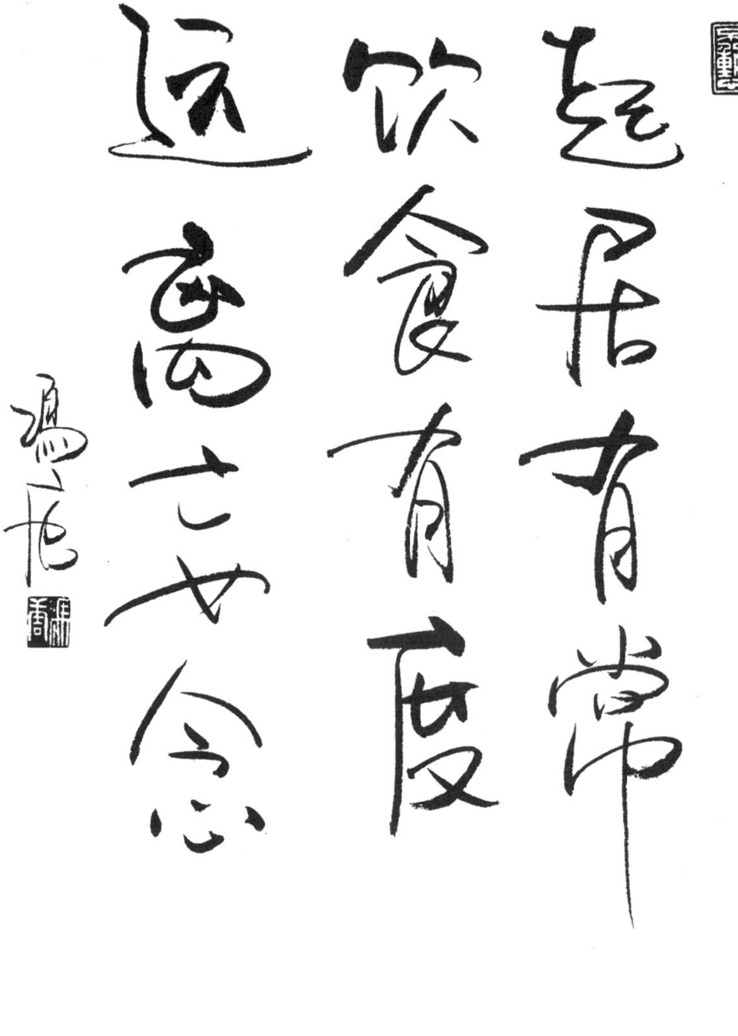
起居有常
饮食有度
远离妄念

人理解了死亡，就容易三观正确

——答某刊“关于生命、衰亡与死亡的35问”

1. 认真想过自己可能躺在医院病床上即将离开人世那几天的时光吗？如果让你现在去想象，你会怎么描绘呢？

我想过三种情景：中午吃了碗面，然后午睡，然后就走了，像我老爸一样；飞机失事或者严重车祸，一下子人就没了；在病床上耗了一阵子，我拒绝插管等一切激进治疗，我的麻醉师朋友（我有好几个麻醉师姐姐）给了我一些药物，我也偷偷开始用些药物，有一次我偷偷加大了剂量，我就飞走了。

2. 曾经想过自己死后的世界吗？让你现在描绘那个世界，你会想到些什么呢？

我想到的死后世界是一片空无，就是所谓的寂静涅槃吧。我想象不出我们死后会是以哪种形式存在以及以哪种规律运转，但是我不排斥灵魂不死以及可以转世的可能。如果灵魂真的可以不死，现世似乎更好过一点。

3．“我死了，世界就不存在了。”你听说过这个命题吗？你想过这件事吗？你怎么理解这句话？

我的理解是：我死之后，我这个肉身就停止了感知，世界是什么样儿以及如何变化，就和我这个肉身无关了，仿佛一朵飘散的云。

4．你盼望自己会突然死去吗？比如哪种方式？为什么？

我累极了的时候盼望过，但是睡一觉就不这么想了。如果非要选择突然死去，我觉得在睡梦中、在大酒后、在性交后，都是不错的方式。如果在大酒后性交，在性交后睡着，在睡着后死去，挺美好的。

5．你能够想象那些真的自己主动结束自己生命的人吗？你觉得他们的举动在你能够理解的范围里吗？

我理解。比如肉身非常痛苦，比如生无可恋，比如要长期失去自由，比如饱经世事、无所事事。

6．如果笼罩在必将死亡的想象之下，你会感到生活的内容很无聊吗？或者会使你产生某种恐惧吗？

不会啊，我们每个人都会死的，我们一直被天空和死亡笼罩着，不是吗？即使这样，生活中还有很多趣味，如同天空下还有很多花朵和笑声。

7．你有宗教信仰吗？你认为会有灵魂和来生吗？

我没有宗教信仰。我认同原始佛教的基本教义，我认同禅宗的一些修行方式。我倾向于认为会有灵魂和来生，这种倾向性的唯一理由是今生可以因此过得自在一点。

8．你觉得一个相信有来生的人和一个不相信有来生的人，日常生活对他们会有什么不同吗？面临死亡他们会有不同吗？

如果这两个人都是顶级智者，应该没有不同。否则，相信有来生的人会更从容、善良、敬畏天地一些，无论是日常生活中还是面临死亡的时候。

9. 你有接近过自己死亡的经历吗？或者你有什么（身边）他人的死亡，给你带来巨大触动或难忘的经历吗？

最接近的一次是飞机持续严重颠簸，我想我可能不能全身落地了。我父亲在二〇一六年十一月十三日走了，那是第一次有个和我很近的人走了。我第一次深刻地体会到，世界不是不变的，我生活中最重要的构成要素也真是会在我眼前消失。

10. 你觉得关于死亡的态度算是一项（不愿告人的）隐私吗？为什么？

我觉得我可以和其他人谈我的死亡态度，如果别人不想谈，我完全理解。

11. 你有感觉到自己是在（或即将）衰老中吗？身体上有什么显著的迹象吗？

是的。我筋骨开始会莫名其妙地疼痛，远不如以前好用；我不如以前容易开心或者说更容易感觉厌倦，我觉得好玩儿的人和好看的人越来越少了；我更怕麻烦了；有些事儿彻底忘了；眼睛花了，摆脱戴了三十年的近视镜；我判断似乎越来越好了；我似乎没像以前那样热爱妇女了，关于这点，我不完全确定。

12. 衰老对于你自己和你周围的生活来说意味着什么呢？最突出

的是些什么？

我越来越是最后的决策者了，也没有太多人可以商量或者分担责任了。衰老意味着我需要更多的来自自身的勇气。

13. 想到自己的衰老和死亡你会烦恼吗？这种烦恼会是一种越来越明显持续的情绪吗？这种情绪会影响到自己的生活吗？

我还没有体会到烦恼由于衰老而明显增加。

14. 你认为人是越老越有智慧吗？包括越老越能看清世态吗？越老越有处世之道？还是并不见得？

我认为，如果天生愚钝、停止学习、停止思考、停止尝试新鲜事物，智慧和见识不会因为年纪而增长。但是，如果天赋好，一直学习、思考、尝试新鲜事物，年龄的增长往往会带来智慧的增长。

15. 人类一代代像潮水一样永久逝去，今天所有活着的人都将逝去，新生灵也在不停地降生，周而复始。你对人类产生过那种充满虚无的悲观情愫吗？

我一直对于人类的未来持悲观态度，众生持续沉沦于无明之苦，科技进步让降维攻击成为可能。利用人性恶去汇聚能量似乎永远比

激发人性善来得方便。

16. 你觉得什么是人类历史？你为人类历史下一个自己的简洁定义？

人类历史就是人类繁衍多年在宇宙间留下的痕迹：文字、艺术、故事、建筑等等。

17. 你有子女吗？如果有，以你的洞见，你有什么话最想对他们说？如果没有子女，你会为此遗憾吗？为什么？

最近才有。最想对他们说的一句话是：没有任何事儿是必须做的，拿不起，就放下；拿得起，玩一会儿，也要放下。

18. 从壮年到衰老，你对食品美味有什么变化中的感受和见解吗？

葱、蒜还是最美味的，和谁一起吃喝还是最重要的。

19. 到了老年，你对性生活有什么感悟或不同于壮年时期的新见解吗？

没。性生活还是基因编码作祟，让人见到无限光明和黑暗，让人做出很多傻事。

20. 你觉得热衷于“养生”是一种什么生命状态？吃什么，喝什么，怎么活动作息，这些事情和生命的自然结果之间关系密切吗？

养生是贪生怕死的常见表现。其实无非：起居有常，饮食有度，远离妄念。但是多数人还是拼命寻找其他捷径，结果吃了很多毒药、练了很多毒功、信了很多毒教。

21. 假如人的生活就是随着年龄的增长以及个人社会活动的努力逐渐呈现，那你觉得你的现实状况基本已经完成这种呈现了吗？或者你的社会角色还会有更多的改变吗？

一直没想清楚自己要成为哪种社会人，所以也不知道是否已经呈现了。

22. 你将来有可能对你的死亡做些什么吗？比如有选择的话，你会远离现代医疗，选择只有亲人陪伴下的安静离世吗？

我一直有结交几个麻醉师小姐姐，我觉得她们能让我很欢快地死去。我不相信亲人陪伴安静离世，我更相信现代医疗会让我死得更愉快。

23. 如果死亡即将来临，你会有特别想见到的人吗？为什么？

想见的人都在心里了。死前不必再见了，死态对于多数世人都是丑态的，都会让他们难受很久。

24. 再活多少年你就知足了？预估一下你实际还能活多久？

我今年四十七岁了，已经知足了。我预计我能活一百岁，这不是什么好消息。

25. 在谈论有关死亡的事情上你会感到有所忌讳吗？理由是？

完全不忌讳。

26. 感受过在你的生命成长里有某种神秘力量存在吗？你在多大程度上相信有这种力量存在？还是你觉得一切超自然的力量都是人脑的想象？

感受过。一些超级小概率的事件连续发生在我身上，我开始信命了。

27. 你关注过“数字”与生命之间的“神秘关系”吗？你偏爱某些特别的数字吗？或者忌讳某些数字吗？或者你跟某些数字有着奇特的缘分？

没。对我来说，数字只要好记就好，比如手机号码，一个一带着十个八，最好。

28. 有一种所谓面向死亡的积极人生态度吗？这对自己余下的生活有用吗？重要吗？

当然。如果人知道自己一定会死的，就容易三观正确。

29.（守护）“人品”和（顺服）“天意”并不必然是一对对立的词，但如果要你挑选，你更偏爱其中的哪一个词？为什么？

天意。我能来世间，除了天意还能是什么？

30. 如果真实条件允许，你会努力去彻底更换自己的生活环境吗（比如移民）？对于你现有的生命精力来说，你更愿意日常生活发生重大改变，还是保持原状更好？

比较幸运的是，我基本能设计我自己的生活，比如在哪里生活。我理解，世上没有完美的事，那就设计些不完美状态下最好的状态，然后待着。以现在的生命精力和见识，我不太愿意改变日常了，就算持续这个日常，我也读不完我今生想读完的书了，我也喝不完我今生想喝完的酒了。

31. 什么样的生活就可以算是老年生活了？对于老年生活你觉得最要紧的是哪些？（列举重要的三项。）

对于我来说，如果每天能不用手机上闹钟就算是老年生活了。老年生活三要素：读书、饮酒、和好玩好看的人消磨时光。

32. 如果你有信仰（指皈依某种特定宗教），可以分享一下你最初的皈依以及信仰体验吗？如果你没有信仰，你觉得将来有可能皈依某种信仰吗？为什么？

我没有信仰，我觉得将来也难皈依。

33. 如果你被现代医疗判决了有限存活期，你会以什么自我的态度对待这个判决？你会积极安排余下的生命时光，还是听天由命地被动感受？

认命。如果我知道残生的天数，我会更自由地尝试些一直想但是不敢尝试的东西，比如艺术。

34. 将“科学”作为有关生命的终极理论，你持什么态度？你怎么看待“科学”？

我认为科学有非常多的局限性，连个感冒都不能透彻理解。

35. 有古希腊人说：“哲人的一生都是在为死的那一刻做准备。”你怎么理解这句话？

没必要。向死而生是对的，一直想着死是有病。准备个屁啊，死了之后，土埋。

附录：万事终极无意义，反而好玩儿

冯唐和严勇交换了各自对35个问答题的回答，又继续讨论了一些问题。

严勇： 你对孩子最想说的一句话是（第17题）：没有任何事儿是必须做的，拿不起，就放下；拿得起，玩一会儿，也要放下。你是在说“一个人要拿得起、放得下”这句教诲吗？你觉得你自己是否能放得下那些通常人们比较在意（“放不下”）的情感、荣誉、财富、社会地位等等？

我自己一方面觉得一直以来都有一种教诲让我“看开、放下”以达到更高境界；另一方面实际经历的时候，我还是很投入。常常是事后才想起来这个教诲，或者是在得不到的

小朋友

时候。

冯唐：我是在说“放下”。人性的常态是“拿起”：崇尚追求、奋斗、成功、基业长青。我也是人，也被这么教育长大，也自我驱动这么执着地长大，也固执地认为“功可强立、名可强成”。“拿起”里有快感：杀伐决断，攻城略地。但是“拿起”并不等于快乐：老天爷没赏饭、本事不够、时运不济，“拿不起”，不快乐；拿起的一瞬间，追求的喜悦丧失大半，不快乐；拿起后想一直不失去，处处提防，常常想下一个“拿起”是什么，不快乐。所以，比“拿起”更容易快乐的是“拿得起、放得下”，享受过程，接受失去，“无可奈何花落去，似曾相识燕归来”。如果再进一步，我想和孩子说的是：在拿之前，要明确认识到，失去是必然，得到不是必然。在这点见识的基础上，尽情去要吧。我认为，用这种态度去过一生，赢回票价的可能性大些。这种见识有些接近日本人说的“物哀”：不是天天丧着，悲观失望，而是知道盛开的樱花必然零落，所以更加珍惜和享受眼前。至于我自己，我体会过巨大的“拿起”快感：“为相”，运筹帷幄，决胜千里；“为将”，横刀立马，千万军中取上将首级，“为之四顾，为之踌躇满志”。我也体会过巨大的得到后的失落，贪得无厌，恨不能马上再度上沙场、再次得到；也体会过无常，高楼在眼前瞬间崩塌，白茫茫一片大地真干净；也体会过万事终极没有意义，雪霁长空，万里飞鸿，片云段段，或西或东。我拿起过，我放下过，现在我尽量按我想告诉孩子的话在一天天过余生。

严勇：“拿得起”是人人都喜欢的，“放得下”可不太容易。你能放得下的，多是发生在你职业生涯里的吧（所谓“事业成功”）？别的方面呢？情感、荣誉、名声、地位等等，你统统都能放得下吗？你是个淡泊名利的人吗？如果你能放下，是什么使得你区别于那些放不下的人呢？

冯唐：我认同人生没有终极意义以及本质上一切没有本质区别，在这个似乎悲观的背景下，我想把这辈子过得尽量丰盛，既然来到人间，既然必定要死，就用好时间，活得充分些。容易放下的：职业生涯的成功、权力、情感、荣誉。难放下的：对于文章不朽的妄念，对于治病救人的慈悲，对于妇女的喜爱。但是，我也明白，这些难放下的，最终也只能“尽人力，听天命”，只能随缘起落。能做到放下，似乎只能靠智慧，不只是书本所得，还包括生来的洞见和生命经历教会一个人的见识。

严勇： 我在想，使你想“活得充分些”的动力，应该不是来自你对人生的看法吧？你说你认同“本质上一切没有本质区别”。这个认同，是你的智力习得，但我似乎觉得你只是让它悬在空中，并没有让这种见识渗透进你的现实生活。现实中你是要过得尽量丰盛，或者说你追求卓越。换一个角度，我觉得你想把这辈子过得尽量丰盛，用好时间，活得充分，是一种明显的价值取向，无法用“人生没有终极意义以及本质上一切没有本质区别”的观念来解释。正如你说的，那只是个背景，前提是什么呢？比如那些在禅寺里修行的人，活得充分还是不充分？至少不能说是丰盛。除了“性情”“天生如此”“性格使然”等等，对于你这种价值取向，我试图找出更深入的阐释。

冯唐： 我觉得你这个追问最好用柳宗元这首诗解释：“千山鸟飞绝，万径人踪灭。孤舟蓑笠翁，独钓寒江雪。”寂静涅槃是底色，一人独钓是玩耍。向死而生不一定是啥也不做等死，也可以是生机勃勃。

我喜欢玩耍，又好胜。万事终极无意义这点智慧实际上帮我平衡了很多心性。当然，我也是发自内心地认可这一点。

因为无意义，反而玩得好玩。

严勇： 万事终极无意义这点智慧帮你平衡了很多心性，能举一些例子吗？

冯唐： 比如说，不做百分之二百五的努力。

比如说，接受无常造成的阶段性结果。

比如说，尽管“一朝英雄拔剑起，又是苍生十年劫”，还是不拔剑。

严勇： 在第 21 题里，你说“一直没想清楚自己要成为哪种社会人，所以也不知道是否已经呈现了”，如果不用“社会人”这样的概念，你希望自己如何呈现在这个世界上？比如理想的呈现状态、不错的状态、可以接受的、最低最起码的等等，都说说？

冯唐： 我现在觉得“人在社会上到底能呈现哪种状态”和个体的努力关系不大（人努力与否应该也是在很大程度上由基因决定的），是各种无常力量的综合结果。如果我自己可以设计，我觉得有些起码的底线，底线之上，没有高下，本一不二。这些起码的底线是：有个基本干净和方便的住处，温饱有保障，有个自得其乐的爱好（比如读书），在财务上、身体上、精神上不严重依赖其他人，不给其他人添麻烦，有项简单的专长偶尔还能对某些人有用（比如写诗、写春联、刻印、扎针灸等等）。理想的状态：我真的创造出来了一些以前没有过的美好（比如写诗歌、小说、毛笔字等等；比如有质量、有服务、有规模的医院集团等等），这些美好让很多人受益而且能延续很长时间，甚至远远长于我的有生之年；我遇上了三两个真的好玩儿、好看的人类，我们三观接近，兴趣相投，一起兴致勃勃地度过一个又一个无聊的漫漫长夜。

严勇： 说说你认为正确的三观（以你的标准）是什么？第28题里，你提到“如果人知道自己一定会死的，就容易三观正确”，那么不正确的三观是什么样？举几个例子？

冯唐： 正确的三观很难总结，如果非要总结，我觉得佛陀的四圣谛总结得还可以。不正确的三观及其表现就多了去了。比如，执着地认为得到了某个职位 / 荣誉 / 财富数量，人生就圆满了；比如，几乎每时每刻都有差别心，都觉得自己比别人强；比如，总质问世界和他人为什么不是自己以为的样子；比如，自己失去对于自己时间的控制。

严勇： 第15题，你说“利用人性恶去汇聚能量似乎永远比激发人性善来得方便”，为什么？人类到现在，总的说来，似乎善还是逐渐在占上风吧？

冯唐： 利用恶和人性弱点要更方便。比如，利用人民的恐惧和自私来维持统治；比如，利用粉丝的愚蠢来获取钱财；比如，利用对手的遵纪守法、爱护环境而获得自己的竞争优势。其实，我们很大的进步是科技造成的，不是大家更善良、更有智慧了。

严勇：以恶行为主的统治，在全世界范围内，自中世纪之后是在减少吧？中间也有过再度兴起的时候，例如纳粹德国，但都由于其恶而遭到强大的对抗，没能占主导。当然这个过程还在继续，有此消彼长的波动。至少到目前为止，以尊重人性的、善的方式实施的政治治理是占压倒性优势的吧？其他方面也是，有骗取钱财的，也有各种慈善机构；不正当竞争的企业同样会遭到对抗和反击。恶行依然存在，善行也很多，我看不出恶行有什么优势。我认为人性善恶参半，但在互动的社会生活中，近几百年的历史表明善还是占了上风。

冯唐：或者这么说，我觉得全球范围，短期，恶定胜善；长期，善有优势。我读中国历史和体会现实，没觉得遵从你说的那个规律。

严勇：为什么短期恶就一定战胜善？

冯唐：很简单，你看希特勒的得势，以及各种其他独裁者的得势，都是在短期内用恶的手段战胜了善。再看古代历史，所有王朝的兴废都是到最后恶做到极端，善才有机会慢慢抬头。短期内善占上风的，没有一次。而且经过这么多轮回，也没有摆脱这一点。当今商界里善和恶相争也是这样。假设你我是在同一行业的两个竞争对手。你管一个公司，我管一个公司，基本面类似。我不上五险一金，不管环境问题，能偷就偷，能赖就赖，而你处处守规矩。假设咱们俩其他各方面条件类似、运气类似，那么在短期我很有可能比你市场份额升得快，甚至可能灭掉你，让你根本没有等待更长期的机会。这就是我说的降维攻击。这些不是很普遍吗？

严勇： 是，同意你说的，短期内善恶直接交锋的时候，恶要厉害得多，更容易“取胜”。否则的话，恶行今天就不会存在了。因为恶行会遭到反击，而善行不会，所以如果两者力量相当，恶行早就被彻底消灭了。实际发生的情况是，反击力量弱小的时候恶行会相当猖獗，但是反击力量会永远继续不断地产生，假以时日，恶行终将无法维持下去。当然恶行也可能长时间存在，欧洲的中世纪是黑暗的统治，延续了很长时间，古代某些朝代也是（简化地看）。人类文明可喜的一点就在于，“二战”之后，以善为主导的政治治理占了绝对上风。

冯唐： 多少恶以善的名义在施行。

严勇： 经商的时候，你列举的那些恶行必须是别人都行善（遵守规矩）的时候才会有“优势”，那不是真正的优势，那是在政府不作为的时候才管用。如果必须那样才能取得商业竞争优势，后果就是大家都不守规矩，文明倒退，按丛林法则行事，也是难以为继的。

冯唐： 很不幸的是，这是我在我们周围见到的常态，看看我们街道上的交通和停车就能有体会了。我二〇一五年十一月才第一次到日本，那种干净、安静、守法、不麻烦别人的境界，我死前能在我的国家见到吗？(当然，他们有他们的问题。)

严勇： 我刚才说的是道理，不是现实。现实中，恶行因其暂时的优势会不断地产生，反击的力量也不总是薄弱的。记得有一个博弈研究（当然是用简单的模型来进行的研究），结果是“一报还一报”胜出，其原理就是：我先合作（善待对方），如果对方也善待我，下次继续合作；如果对方行恶，下次就反击；如果对方从恶行改成善行，下次就善待——是一个以善（合作）为基础的策略。研究结果是这个策略最优。

冯唐： 我没这么乐观，我觉得是轮回。在不同政治经济体系里，这种轮回造成的损害有轻重之分。

严勇：你说“一些超级小概率的事件连续发生在我身上，我开始信命了”（第 26 题），你也提到灵魂和转世的可能，你是不是觉得在我们这个物理世界之外，有另外的世界，有不符合物理规律的事情会发生？超级小概率事件不发生在你身上，就发生在另一个人身上，在我看来，不能说明什么啊。

冯唐：你问了我两件事。一个是超级小概率事件发生在我身上意味着什么。的确，从人类总体上来说，超级小概率事件不发生在你身上也会发生在另外一个人身上，对于人类总体而言，无差别。但是对于我这个个体而言，超级小概率事件连续发生在我身上让我觉得老天挑了我来做某些事情（或者说多种力量作用的共同结果是让我比其他人更适合做某些事情）。比如，多写些文章，让汉语更加优美和高效。比如，多开些好医院，多救点人。至于物理世界之外是否还有其他的世界，我觉得应该是个悖论，因为只要我们了解了另外一个世界，这个世界也就是我们物理世界的一部分了。我觉得我们对于一些事物的了解其实还很粗浅。比如，人脑如何工作，宇宙如何演化，神是否存在，等等。

严勇：老天挑你来做某些事情，老天也挑别人做别的事情，挺好啊，为什么你因此就开始信命了呢？也许应该先澄清，你说“信命”的时候，是指的什么？什么情况下，你就不信命了？

冯唐：因为老天用一些事情的结果和一些事情的发生告诉我，我适合写文章和做医疗。我也就接受老天这种暗示，不再摇摆，坚持做下去了。这就是信命：信我该写文章和做医疗。如果努力的结果总是不好，过程中自己也没快感，也不给我足够的外界支持（尽管我尽了个人努力），我估计也就算了，我就不信我该做这两件事了。

其实，信天命说白了也就是信结果反馈和过程反馈。因为结果比预想好很多，过程里发生一些小概率事件，我就觉得犹如神助。

严勇：看来是用词不同。我理解的“信命”，是认为“命中注定”，自己努力是没用的；所谓“不信命”，是认为“命运是概率”，我努力还是有用的。当然把努力也当作“命中注定”，就永远正确了，没必要讨论。看来你是我理解的“不信命”的人，你发现了自己的擅长之处，努力做你擅长的事，尽可能创造更大的价值，可以这么理解吗？

冯唐：对。

严勇：关于世界，似乎你也是“科学观”——科学只是有局限，但并不存在不适合科学去研究的世界。对人脑如何工作，宇宙如何演化，我们了解得很肤浅，没错，但是对上帝是否存在，你也觉得我们是“了解得肤浅”吗？

冯唐： 我没有深入了解过。

严勇： 你说（第 33 题）“如果我知道残生的天数，我会更自由地尝试些一直想但是不敢尝试的东西，比如艺术”。艺术你指的是什么？

冯唐： 更放肆的毛笔字，更疯狂的文章。

或许现在就该干。

艺术是探索创造的极限，我脸皮厚，不怕别人骂。

严勇： 你用了“或许”，说明你有忌惮。对于你，是不是现在就彻底抡开了耍，是个“或许”。你忌惮什么？

冯唐： 我忌惮什么？我起冯唐这个笔名，其中一层就是不想有忌惮和禁忌。但是我知道，到如今，无论是肉体还是创作，我实际上还没有做到百无禁忌。创作上还没像荒木经惟、井上有一等一些艺术家一样彻底，世俗上没有像弘一法师一样放下一切。

前面我俩讨论了很多“天命”，关于没有出家这件事，我想得很清楚了，我的天命是写作和医疗，这样花时间比出家更适合我，所以像弘一法师那样出家对我已经没有吸引力了。但是，艺术和“天命”不一样。一方面我知道，尝试破坏性创作一定能给我不一样的体验。但是，我也知道，佛界易入，魔界难入。不是没有吸引力，而是一旦进入，可能命悬一线。另一方面顾虑是，可能世界上有些事儿就不该碰，仿佛孔丘的“子不语怪力乱神”(尽管我写了包含《不二》在内的子不语三部曲)，仿佛金庸说的乾坤大挪移练到第八重就该止步，第九重其实是前人瞎编的，如果练，就会走火入魔。

严勇：一个人活着的“意义感”，有些是来自跟他人（自己在乎的、看重的人）的关系。在你这儿，你跟他人的关系在你的“生存意义”中，占的比重大吗？

冯唐：重。一小半吧。

严勇：最重的是什么？

冯唐：还是个人修炼和为更广泛的大众做点啥吧。

严勇：你珍惜生活，最看重的是什么？无论是个人修炼，对世界贡献，还是跟他人的关系，展开了说说？

冯唐：最看重生活质量：智慧增长的愉悦，因慈悲而做的功德，文字表达的快乐，对古器物之美的欣赏，对美景、美人、美食和美酒的热爱，在人类中找到同类的喜悦。

书法是万人的美女

我在香港中环的国际金融中心吃完中饭，下一个会还有一个半小时才开，下一个会也在中环。香港因为挤，所以方便。我估算了一下，沿着中环扶梯上山，足够走着去荷李活道逛逛古董店再回来的时间了。一个朋友介绍，荷李活道文武庙西边一点有家古董店，有高古砚台，汉、六朝、唐、宋、元的都有，在文房古美术方面是块招牌。路过文武庙，和其他庙一样，正殿门上的对联写了一些不可能错的套话，偏西的旁门上两个字“步月”倒是清秀俊朗。庙的香火很盛，门都被香火熏得有点黑了。我没进去，在门口停了停，遥拜了一下，不知道庙里供奉了什么神佛，也没许什么愿。我的习惯是路过庙一定要拜，无论什么神、什么教，仿佛早上遇上太阳或者盛开的花朵，一定要停下来，点一下头。我从不许愿，我知道世人众多，神佛管不了那么多具体的事儿。

那家古董店的橱窗里挂了一幅很美的隶书：“髫年埋首朝侯碑，今已白头人成癖；躬逢盛会忘工拙，漫题小扇娱高士。”古董店里的确有好砚台，汉、六朝、唐都有，开门老，品相也不错，就是价格贵，贵到似乎没法还价。

往回走的路上遇到一家画廊，从玻璃门窗望进去，非常空旷，一面墙上挂了十一幅书法，每幅两尺左右，每幅都写了同一个汉字“花”，每个“花”字都不同，仿佛是不同植物开出来的。我也说不出这些“花”字有什么特殊，它们完全谈不上传统王羲之到赵孟頫体系的那种惊鸿游龙书法美，但是这些“花”字让我心里一动，再一动，仿佛在街上见到某个女生，脑子会无意识地想记住她的样子。因为要准时回去开会，我没进画廊看，只是用手机简单照了张照片。这些“花”的书写者是井上有一。

我在中环附近的一家三联书店买了一本《书法是万人的艺术》，很快读完，书写得一般。书的主要内容是井上有一的传记，也不复杂。他生在一个普通家庭，做一份普通教师工作，有过一段普通刻骨的单相思（从小三十年的年龄差看，有一点普通的不伦），但是认定自己为了书法而生，一直写到死。我一直认为，政治家、企业家、哲学家、作家有必要出传记，让世人知道，他们的生长环境和外部力量，但是艺术家没必要，世人直接看作品好了，他们的作品会说话。

尽管书写得一般，但是作为一个成人爱情小说作家，我读完想到了一个比喻，沿着这个比喻推演，解决了困惑我很长时间的一些书法问题。井上有一书法理论的重点就是打破传统的王羲之、赵孟頫书法体系，让书法从以书法为职业的书法家那里解放出来，成为万人的艺术。我想到的比喻是：书法是万人的美女。

第一，书法和女人一样，天生决定了绝大部分。有些人，怎么练字也没用。天生和书法深度相关的小肌肉群协调能力差，就像天生五官不调、四肢不对称。而有些人，不怎么练字，写出来的字就好看，仿佛有些人在出生第一天就眉清目秀、妖气缭绕。

第二，书法和女人一样，天然胜过人工。有些人，拼命临帖，指甲缝里全是墨色，洗手池里全是墨痕，写出来的字和王羲之、赵孟頫、敦煌卷子一模一样，但是，还是美不过那些极其少见的有辨识度的字。仿佛有些女生拼命医学美容，刀枪剑戟斧钺钩叉拐子流星都往脸上招呼，把脸整得和杨玉环一样，还是美不过那些天生的极其少见的杨玉环。

第三，书法和女人一样，人工之后再返天然很难。字写得像极了王羲之、赵孟頫的人，让他们写得不漂亮，比杀了他们都难，即使拼命往拙里写，也是装出来的丑。仿佛女生整容之后，天天浓妆之后，自拍美美地分不清是自己还是杨玉环之后，让她们再素面上街溜达，太难了。

第四，书法和女人一样，神来之笔胜过天然。天生能写字的人，大酒之后、剧痛之后、狂喜之后、蘑菇之后，放松，再放松，胴体成为载体，草木、禽兽、地仙、天神附体，写出的字惊天地、泣鬼神。仿佛天生丽质的美人，清水洗脸之后，喝了几大口之后，喝高了，笑了一下，颠倒众生。

《书法是万人的艺术》里说，他想写巨大的字，最大的瓶颈是没钱，没钱买大笔。我第一次在东京银座的鸠居堂看到他们镇店的大笔，一支一层楼高的大笔，就想买。我和朋友交流买这支笔的事儿。朋友说，到了用这么大笔的境界，无格，无笔，自由，自在，自然，自信，去百货商店买个大号墩布就好了，去附近的龙潭湖公园抢在广场地面上写字老头儿的大笔就好了，仿佛已经美成了杨玉环，还在乎身上有没有佩玉吗？

常规不为我辈设

我一直把荒木经惟当作我的摄影老师，第一因为他关注妇女，第二因为他用功。在我的认知里，他是摄影师中最关注妇女的。艺术无禁区，他百无禁忌，即使在人类有史以来最开放的“二战”后的东京，他还是因为有伤风化被抓进警察局好几次。在我的认知里，他是摄影师中最用功的，今年七十八岁，天天啪啪拍个不停，据说已经出了四百五十多本摄影集。在我的写作中，我也非常关注妇女，我也相信，哪怕天赋最好的作家也要用功，才、学、识缺一不可，后天的学习积累和见识提高一天也不该停止，构思和写作一天也不该停止，一日不作，一日不食，直到生命终止。

尽管我买了最好的相机和光圈最大的镜头，理论上可以最好地还原我的肉眼所见，但我还是没形成摄影的习惯。一个原因是好相机还是太沉；另一个原因是我害羞而拘谨，不好意思举起机器就啪啪地拍，也不知道如何征得陌生人的同意。可能更根本的原因是我没有摄影的天赋，才会觉得相机沉，觉得不好意思。在我有天赋的写作上和赞美妇女上，所有的原因都不能成为借口。尽管忙成狗，这些年还是忍不住不写；尽管害羞而拘谨，这些年还是忍不住不写妇女。

尽管荒木经惟没能教好我的摄影，但是他让我重新拾起了书道。我翻他的摄影集，有时候他在照片上写字——汉字，毛笔字，完全不像我日常所见的中国书法家的书法，有种神经病的神气，有种压不住的运动感，似乎能想见他写字时的样子。后来他和朱新建在北京办了个双人展，我在画廊空旷而简明的空间里第一次看到他的四尺到八尺的大字，那股神气更明确，如天上大风，如湖面冰开，如竹林间破土的竹笋，如马桶里的蛇。我买了收在展览图录里但是没出现在展览空间里的一幅作品，四个大字“阴毛礼赞”(或许荒木经惟是在致敬谷崎润一郎的《阴翳礼赞》吧)，大字下面是用红色和墨色画的女阴，让我想起我初见妇女、初学妇科的那些神奇的时光。

坐在车里，坐在荒木经惟的“阴毛礼赞”旁边，我想了很多：我轻易辨认出了他的毛笔字，他的毛笔字让我想起生命中一些非常重要的时光，我掏腰包买了这幅字。我认为，我在无意识中击中了艺术品的三个重要属性：有突出的风格，有人深深喜欢或者深深厌恶，有人买。如果某件艺术品能在这三个属性上打败时间，持续有风格、有人爱、有人买，那这件艺术品就是一件不朽的艺术作品。

我在北魏和北齐的佛造像底座、宋代建盏的盏底、磁州窑的枕上、湖田窑的碗边、大漆盘的盘底等看到类似荒木经惟的书道，那股神气冲破时间的泥沼，呼啸而至，如千年前一样鲜活。

我十岁之前，临过三年颜真卿。那之后，二〇一五年之前，没碰过毛笔，但是一直用钢笔记笔记。二〇一五年之后，要签名书的人越来越多，索性重新用起毛笔，借着签名重新熟悉毛笔字。二〇一六年，有几个受过良好教育的朋友非要我写毛笔字挂在他们的办公室、客厅或餐厅。我问："不怕其他人笑话吗？"一致的回答："写得有风格，写得好看，至少我觉得好看，关别人屁事。"二〇一七年，梦边办"梦笔生花"文人书画展，我送了三个大字"观花止"。匡时创始人董国强兄自己掏钱买了。我说："不要瞎买东西捧场啊。"他说："我从来不为了人情而瞎买。"

于是我想：那为什么不能写得和王羲之不一样？那为什么一定要苦练得和王羲之写的一模一样？那为什么书道不能是基于个人的天赋和禀性？那为什么一定要五指执笔？那为什么一定要中锋运笔？常规本来就不是为我辈设的。

于是就有了荒木经惟和我的书道双人展，梦边团队策划的“书道不二”书道展，一日，一中，一老，一“少”，都热爱妇女，都跨界而来，都写非常规好看的毛笔字。展览就设在春末夏初，那时候北京挺美，就设在智珠寺和嵩祝寺，那里在明代是印经厂、清代是三世章嘉的庙。展览两周，如一阵风、一场露天电影、一个法会，荒唐不荒唐，一期一会，然后无影无踪。

因为荒木经惟的身体不适合远游，双方团队安排我三月中旬去东京采访他。我沿着女人、摄影、书道、生活、一个字的顺序，列了冯唐十问荒木经惟。

第一，您被捆绑过吗？如果是，第一次什么感觉？

第二，请用三个词形容女人？

第三，您最喜欢的女人的三个特征？看一个女人，通常最先注意到的部位是？

第四，如果不让您摄影，您如何打发时光？您觉得一个好摄影师的最大特质是？

第五，您拍了很多人体、花、天空，这三者的同和不同是什么？

第六，您觉得什么是好的书道？您觉得您是一个好的书法家吗？天赋和后天训练，哪个对于书道更重要？一休宗纯和良宽，您更喜欢谁？

第七，您相信转世吗？一休宗纯和良宽都写诗、写毛笔字、好色、坦诚，您是不是他们的转世？

第八，您觉得佛法是什么？

第九，去年，您最快乐的三个瞬间是什么？

第十，您最爱写的一个字是？

1. 无法形容妇女，采用摄影表达

冯唐： 我非常崇拜您，有四十多本您的作品集。和您一样，我也非常热爱妇女，原来是一名妇科医生，后来写了很多的情色小说。

荒木： 非常遗憾不能看懂您的小说。

冯唐： 一位韩国导演正准备将它拍成电影，未来可以看到影像的版本。这次非常开心，热爱妇女的两个人能够坐下来相互交流。我在接下来的时间里问的问题，都是从我的角度比较关心的话题。第一个问题，我知道您非常热爱妇女，拍摄了很多妇女的照片，如果用三个词来形容女性，您会选择哪三个形容词？

荒木： 我就是因为没有办法用语言来形容，才用摄影来表达。

2. 照片就是日记

冯唐： 看到先生很多摄影集的名字都取得很好，书名也是自己的书法，在您刚刚介绍的时候，也多次涉及俳句、诗歌、小说等等，对您影响最大的文学家，有哪几位？

荒木： 虽然现在不是了，但是有一段时期，是永井荷风，但是很快也厌倦了。我会拍一些男女日记，把一些日常记录下来，出写真集。即使到了现在，也会拍一些日记形式的照片。照片可以记录那一天、那个时间点的东西，是有连续性的。

3. 喜欢拍即将要背叛的瞬间

冯唐： 就像我平时写东西，也会随身带着一个本子，很多东西都可以记下来。刚才您说找不到能够形容女性的词语，于是举起了相机，您最关注的女性部位或特征是什么？哪些女性会吸引到您，会有想要拍照的冲动？

荒木： 全部，不管是美的地方或是丑陋的地方。不是去拍美的东西，而是去遇见美，发现美。比起美与不美，女性大多数比较表面吧，而我想把这些表面的东西糅合在一起表现出来。

冯唐： 一切的妇女、妇女的一切都是美的。

荒木： 不只是形态方面的美丑，不是局限在大眼睛高鼻梁，还包括谎言。我觉得说谎是女性的一大特点。拍照就和谈恋爱一样，有些女生喜欢背叛，我喜欢拍即将要背叛的那个瞬间。我觉得女性就是会背叛的物种，这也是魅力所在。

冯唐： 您是一九四〇年生人，今年七十八岁了。这么多年资深热爱女性，有没有注意到对待女性心态的变化？还是从十八岁到七十八岁，您对女性的心态一直没有变化？

荒木： 一直在变化。我现在是进入了这样一个精神状态——不是仅仅觉得她们可爱（虽然最开始是这么觉得的），最近我觉得，还是没有办法搞懂女性，或者说还不够了解女性。女性一定还有更加有魅力的地方。所以我会一直继续拍女性，不厌倦的。

4. 契机就是死亡

冯唐： 中国有句话叫“入佛容易入魔难”，有些阴暗的、残酷的、痛的，甚至丑陋、肮脏等带引号的负面词语，您都能够坦诚面对，是什么驱动您面对阴暗的一面？这些阴暗的地方给您最大的感受是什么？

荒木： 作为摄影师，觉得自己的境界提高的时间点，应该是在经历了父亲的死、母亲的死和妻子的死的时候。基本上，如果这三个你都经历过的话，离顿悟就非常近了。如果想当摄影师的话，把父母和妻子杀了的话，离这个境界就更近了（开玩笑）。所以我提高的契机就是死亡，是至爱的人的死亡给我的力量吧。

5. 第一强敌是天空

冯唐： 看到先生拍摄很多人体、天空、花，拍摄这三者时的心境有哪些相似和不同？

荒木： 都一样。生、死的感觉（荒木自己造的词语，エロトス），跟逻辑没有特别大的关系，都是自己生理上的一种感觉，所以我会拍一些性（生殖器官）的主题，包括花，对我的感觉也是一样的。

冯唐： 看到天空也会有生理反应吗？

荒木： 天空的话，可能是精神担当吧（笑）——你这个问题好难。我觉得天空很好，我每天都会拍天空，觉得天空才是最好的。"开天眼"的境界不太好（意味着年岁大了），所以今年才会以阿修罗来代表自己，因为他是战神。

冯唐： 您就像花一样，不存在衰老，一点没有感觉到时间的变化。

荒木： 我有一张中间有一根线的照片，拍的是北面的天空，虽然我有时候会说那代表邻国什么的，其实是自己有种从老天那里逃出来的感觉。我的第一强敌就是天空（老天）了。

现在数码照相机比较流行，但我没有，我拍胶卷。胶卷的话有正反两面，而在正面和反面中的间隙里，我感觉有什么东西。数码的话，就一个面。

Paradise 这个系列，下次在这里会展示——通往“天国”的通行证（passport）。国是指地狱的国度。我认为在“天国”里有血池地狱（日语里“地狱”写成“地国”）。我想表现出这种天堂、地狱在一起的感觉，所以拍了一些即将凋零的花，一些特别艳丽的或者枯萎的花，都糅合在一起。

最近喜欢拍一些黑白照片，也许是因为这份心情，才开始的书道。有一种接近“无”的状态，当然对于我来说就是死亡的状态了。我讨厌这种状态，才会在自己拍的黑白照片上加上彩色涂鸦，做这样或那样的尝试。五月二十五日是我的生日，那天我也打算拍黑白照片，想要通过这些找到或者让自己认识到自己的方向。有时候拍一些照片，是因为自己的一部分在里面。而照片想要表达的，都交给观众自己去想。

6. 说服女性脱衣服

冯唐： 我在做妇科大夫的时候有一些困难，就是说服女病人脱衣服。您拍摄这么多女人体，包括捆绑等大胆的一面，是如何说服女性同意的呢？

荒木： 哈哈，这当然是通过“骗”了。女人喜欢背叛，男人喜欢说谎（笑）。其实就是通过语言，我觉得最能让人醉的不是酒而是语言。用语言来“马杀鸡”。我想大家会认同的一点就是，女性都想脱（笑），不管是身体还是心情，全部都想要表现出来，所以说服她们很简单——即使把脉，她们也要全脱了。如果是你的病人，应该很快就脱了吧。

我个人比较喜欢拍脸部，脸是全部表现自己的地方。拍照的最后，我都会拍脸。

7. 开心

冯唐： 如果有一天不能拍照了，您会如何过日子？如何让自己开心？

荒木： 我是一个做什么都可以开心的人，但还是会觉得寂寞。按快门的声音，让我觉得是自己的脉搏在跳动。

冯唐： 也就是说，只要脉搏跳动，就会拿起相机。

8. 按照自己的想法去写

冯唐： 说说写毛笔字。您认为好的书法或书道是什么样的？您认为自己的书法是不是好的书法？

荒木： 这也是我想问的问题。小学的时候有书法课，在学校也有书道的比赛，会要求大家写美丽的富士山、美丽的日本之类的，我就会故意不写这些。我没有去过书道教室学习，也没有老师，只是被一些奇妙的字吸引，比如石碑上的字。现在写字（也不知道是不是该说绘画），之所以坚持的一个理由，是一个叫富冈多惠子的诗人跟我说："你千万不要拜师。"她那天有点喝醉了，看着我写的字跟我说这个好。那是我随便写着玩的，但是她却说要一起写。我真的很高兴。

冯唐： 我和您有个很相像的地方，就是不想和传统意义的二王书法体系一样，为好看而好看，也就是说，都是按照自己的想法去写的。后来重新开始写字，有些女生就说很好看，我能不能写一个，她们挂起来，甚至愿意付钱。这一点给了我很大信心。我觉得我们俩有很有意思的相同之处，也有很有意思的不同之处。我们都是非传统的、热爱妇女的、没有很多临帖功夫、按照自己的心意书写的。不同之处是一中一日、一少一老，一个是写黄书的，一个是拍黄色照片的。在这种同和不同中体现出来的感觉，也许与书道的核心有相关之处。

9. 才能太多了

冯唐：无论书法还是摄影，您认为，先天的天赋与后天的训练相比较，哪个更重要？如果10分是满分的话，先天占几分，后天占几分？

荒木：我的才能太多了，感到焦虑（笑）。从老天那里继承来的才能，能不能用完也不知道——这都是玩笑话了。我拍照，其实自己没有什么作用，都是被写体（被拍照的对象）的功劳。只是她们被拍的这个契机，自己会作为一些因素在里面起作用。我认为作为终极的一个境界，自我也是需要被忘掉的，达到一个无的境界。

冯唐：理解，就像我写小说一样，是老天握着我的手在写，我只是一个媒介而已。接着的问题就是，您的书法和照片会不会被同行认为是垃圾，出现批评的声音，说您离经叛道、混淆视听？就像有人对我的批评一样。

荒木：这样说的人才不行吧（笑）。

欲

10. 呼吸就是幸福

冯唐：最后一个问题，过去的一年里，您最快乐或幸福的三个瞬间是什么？

荒木：幸福什么的我不懂。如果要说的话，现在活着、呼吸着，就是幸福的吧。特别是我现在想要多活一点的这种求生欲，所以，也许我现在就是幸福的。

冯唐：我的问题已经结束了，先生还有什么问题吗？

荒木：一开始你给我小说，其实我也看不懂。但是为什么答应合作呢？是因为觉得你很有男子气概。你的男子气概在书法里也可以体现出来。

冯唐：谢谢您。

不要怕黑暗，不要怕穷困

各位基础医学的前辈、泰斗、大师：

今天，我们在这里纪念中国医科院基础医学研究所成立六十周年。一个月前，蒋澄宇所长请我在这个场合发言，内容随我。我第一反应是坚决拒绝，我的内心充满恐惧。在座的都是我国基础医学的柱石、国士无双，都是我的老师，甚至我老师的老师，我何德何能敢在这个讲台上发言？

最后，我还是接受了蒋所长的邀请，主要是想请各位前辈看一下，各位前辈的科学教育对我这样一个晚辈的影响。我们现在所在的协和医大小礼堂对我来说是个庙堂级的圣地，我在隔壁的基础所住了整整五年。这座基础所的大楼有可能是世界上杀死小白鼠最多的大楼。这些小白鼠生得伟大，死得光荣，为人类的健康做出了伟大的贡献。从某种意义上，各位前辈也可以把我当成一只小白鼠，少年时代接受各位给予的系统性医学教育，包括医学基础科学训练，如今用自己的方式在推进人类健康的发展。以我这只小白鼠为例，“一个医学生的科学修养应该是什么？为什么要有这种科学修养？”是我今天发言的主题。

一九九三年到一九九八年，我住在基础所六楼，五楼是女生宿舍，七楼是教室。每次下了电梯往宿舍走，都会路过病理生理实验室，都会闻见老鼠饲料的味道。这种味道是如此根深蒂固，二十年过去了，如果晚饭没吃饱，如果夜熬得太久，我勉强入睡，还是会反复梦见老鼠饲料的味道。

那时候饥饿缠身，最常问自己的问题是：我为什么而活着？翻遍图书馆，找到英国人罗素的一篇文章：《我为什么而活着？》。

罗素说，出于三个原因：对爱情的渴望，对知识的追求，对人类苦难不可遏制的同情心。这三种纯洁但无比强烈的激情支配着我的一生。这三种激情，就像飓风一样，在深深的苦海上，肆意地把我吹来吹去，吹到濒临绝望的边缘。

在基础所和协和医院晃荡，我后来习惯了饥饿，有了疑似的爱情和肉体的高潮，反复目睹生老病死的轮回之苦，也体会到了在物欲横流的帝都最物欲横流的市中心青灯黄卷埋头读书的快乐。最常问自己的问题是：什么是科学？什么是研究？科学研究要遵从的最基本的方法论是什么？那时候中国开始有了互联网，我找到了一篇爱因斯坦在他三十九岁时候祝贺普朗克六十岁寿诞的讲话：

Principles of Research，address by Albert Einstein (1918) (Physical Society, Berlin, for Max Planck's sixtieth birthday)

引用其中两段：

“首先我同意叔本华所说的，把人们引向艺术和科学的最强烈的动机之一，是要逃避日常生活中令人厌恶的粗俗和使人绝望的沉闷，是要摆脱人们自己反复无常的欲望的桎梏。一个修养有素的人总是渴望逃避个人生活而进入客观知觉和思维的世界。这种愿望好比城市里的人渴望逃避喧嚣拥挤的环境，而到高山上去享受幽静的生活。在那里，透过清寂而纯洁的空气，可以自由地眺望，陶醉于那似乎是为永恒而设计的宁静景色。

“除了这种消极的动机以外，还有一种积极的动机。人们总想以最适当的方式画出一幅简化的和易领悟的世界图像。于是他就试图用他的这种世界体系（cosmos）来代替经验的世界，并征服它。这就是画家、诗人、思辨哲学家和自然科学家所做的，他们都按自己的方式去做。各人把世界体系及其构成作为他的感情生活的支点，以便由此找到他在个人经验的狭小范围里所不能找到的宁静和安定。”

一九九八年，临床医学博士毕业前夕，我写完了我的博士论文：《表皮生长因子 - 表皮生长因子受体 -c-myc 信号传递通路在卵巢癌中的存在及其与 DNA 合成、细胞凋亡及其预后的关系》。在我毕业前夕，发表在《中华医学杂志》上。但是，我厌倦了饥饿。有个小护士问我：“你喜欢夜晚吗？”我说：“喜欢。”她又问我：“在夜里，你带我去做点什么吧。”第一个夜晚，我带她去看了星星。第二个夜晚，我又带她去看了星星。第三个夜晚，我觉得我们应该吃点什么，但是我身无分文，我就决定，我要去做一点不看星星的工作，然后请她吃了点东西。

二〇〇〇年，我读完 MBA，第一份工作是去一个叫麦肯锡的咨询公司。那是一个只从最好的商学院招最好的毕业生的公司，那是一个一两年淘汰一半以上新员工的公司，那是一个一周工作九十个小时的公司。我乐在其中地工作了九年。

麦肯锡最重要的方法论，一言以蔽之：以假设为前提，以事实为基础，以逻辑为驱动的真知灼见。这个方法论，本质上其实就是我在基础所学会的科学研究的方法论。

于是，在今天，对于科学，我作为一个小白鼠的总结是：

第一，有效。罗素有他有道理的地方，爱因斯坦有他有道理的地方，医科院基础所给我的科学修养救了我。面对商业上的未知和人类肉身的未知，科学的方法论一样适用，智慧和慈悲并不过时，还是我们的力量源泉和快乐根本，即使在今天。

第二，求真。哪怕刀架在脖子上，真理不能屈服。商业管理的底线是不能做假账，科学研究的底线是不能做假数。面对误导造成的巨大罪孽，个人因为造假得逞而获得的荣耀如同地沟油一样短暂而油腻。

第三，坚守。不要怕黑暗，不要怕穷困。我们最快乐的时光是坐在路边喝啤酒的时光，我们最幸福的时光是救人于病痛的时光，我们最满足的时光是发现前人尚未发现的幽微的光芒。

救人一命，胜造七级浮屠，何况救无数人命。六十年一甲子，诸位前辈、泰斗、大师，我们共勉之。

无论多高远的目标，做着做着就实现了

二十多年前，在协和医学院，杨焕明老师是我的遗传学老师。医学院的学生，睡得晚，起得早，中午睡一觉。遗传学课是下午第一堂，所以杨老师每次看到的场景，是三十个男女蓬头垢面、睡眼惺忪地梦游进课堂。他是温州人，普通话有严重口音，下午第一堂课本来就困，在他的温州话遗传学的宣讲下，一多半梦游进来的同学，彻底进入了梦乡。那时候的协和医学院，如果出现一门不及格，学生就拿不到博士学位了。同学们睡多了开始害怕考试不及格，于是推荐我去和杨老师说："既然您是留美归国的特殊人才，能否全部用英文上课？"杨老师那时候脾气随和，说好。等他换成了全部温州腔儿的英文授课，更多同学进入了梦乡。同学们于是推荐我再去和他说，请他再改回普通话。杨老师说："不要纠结于我如何说话这

件事儿了，不要担心考试过不去，我会给书面考试提纲的。”

在杨老师承诺会给出书面考试提纲之后，我也进入了梦乡。到现在，除了 CGAT、唐氏综合征、23 对染色体、双螺旋模型等基本得不能再基本的知识点之外，他教的遗传学，我都遗失在似水流年里了。

二十多年后，第十一届国际基因组学大会在深圳新建的国家基因库召开，其中一个新的模块是科普嘉年华。杨老师让我一定参加，我感觉很困惑，一起喝喝小酒、吹吹牛、不知老之将至，没问题，但是科普和我有什么关系，为什么请我？杨老师做了科普嘉年华的开场，我又一次听到了熟悉的温州普通话夹杂着的英文。听完之后，我明白了科普和我的关系。科盲远远多于文盲，科普无界限，求真靠我们。

第一，不要以为我们早就懂了的科学常识绝大多数人都懂。

发言的最开始，对着台下的好几百人，我问了一个问题：“为什么绝大多数人左边睾丸比右边的低？”问完，我观察了一下，大庭广众之下，台下绝大多数男生的第一反应是伸手摸向自己的裤裆，还有个别女生也下意识地伸手摸向自己的裤裆。我马上制止住大家的冲动，强调了一下，这个事实已经被大样本调研证实过了，大家不用通过自己的个例再次验证，有知道为什么的请举手。之后很少几个男生举起了手，其中一个的回答是：“因为怕两个睾丸在同一水平线上相互碰撞产生不必要的伤害。”

我把这个问题贴到个人的微博上，比较奇葩的答案包括：

“因为可以跷二郎腿不硌着蛋。”

“胚胎的生长发育过程中，睾丸需要从腹腔逐渐下降至阴囊。左侧睾丸比右侧先下降，所以比较低。”

“天哪！之前我一直以为我有什么病，原来你们也是啊？吓死我了！”

“是因为地球自转吗？”

在这里，我就不公布标准答案了。最好的学习，是怀着疑问自己去寻找答案。我想和杨老师印证的是，我们早就懂了的科学常识，其实绝大多数人都不懂。隔行如隔山，哪怕都是受过高等科学教育的，彼此专业不同，对于对方领域的陌生程度超乎想象。

第二，不要以为科普这些科学常识没有用。

沿着上面那个问题说，有多少人因为发现自己左边睾丸比右边的低而苦恼？其中多少人为了这个去了医院？多少去医院的人被无良医生骗着接受了过度治疗？我不是泌尿科大夫，我不知道，但是我猜测，在全国范围内，这不是极小的数字。

再举个妇科的例子，“宫颈糜烂”这个词困扰了多少妇女？引发了多少过度治疗？给妇女造成了多少伤害？我不想用咨询公司练就的估算技能去估算，我知道，这些数字惊人。

第三，不要以为科普是个孤独的工作。

科普是有人看的。这里再问一个问题，中华人民共和国成立以后销量最大的科普书籍是哪本？不卖关子，我在这里作答：协和医院妇产科集体创作的《新婚必读》。听我导师郎景和大夫说，销量是千万级别。

科普是有传承的。上次大会，有杨焕明老师这样的长辈，也有比我小十几岁的非常高产的年轻科普作家。年轻人在台上又跳又唱，中英文俱佳。在这个年纪，似乎什么罪都能受，什么苦都能吃，什么牛都敢吹，无论多高远的目标，做着做着就实现了。我佩服杨老师对于科普的远见、耐心和热情。他凝聚起年轻人的这股劲儿，什么事儿都能办成。

以后，除了陪杨老师偶尔喝小酒、吹小牛之外，我也陪他做些科普的工作。等我小说灵感耗尽，我写个科普三部曲：《新婚必读》《性瘾必读》《怕死必读》。

人类有史以来最大的慈善

一百年之前，一九一七年秋天，小洛克菲勒从纽约辗转来到北京，见证了他出资的北京协和医学院的建成。当时，徐世昌大总统还请他和大家在大总统府吃了一顿，场面体面而热闹。

一百年之后，就人而论，在我有限的认知里，小洛克菲勒是最了不起的富二代，没有之一。在清朝和民国交替之际，在第一次世界大战前后，在从纽约到北京的单程旅行最快需要一个月的时代，在需要自建独立的水、电、动力、通风系统才能支撑一个世界一流医学院和医院的时代，在没有完善的外汇兑换系统和海陆货运系统的时代，小洛克菲勒敢相信考察团的建议，坚定不移地花老爹的钱在北京建立一个超一流的医学院：二十万美金买了一个小小的教会办的协和医学堂，十二点五万美金买了在东单三条占地二十二

不醒處

点五公顷的豫王府，在此基础上，超预算五倍，花了七百五十万美金建成了北京协和医学院。后来，“二战”了，再后来，解放了。在一九四九年之前，小洛克菲勒到底为北京协和医学院及其附属协和医院花了多少钱，有好几个版本，从一千五百万美金到四千八百万美金。很难计算这些美金在一百年后的今天到底值多少钱，仅仅算十二点五万美金买的二十二点五公顷豫王府，仅仅算二〇一七年的地皮价值就在四百五十亿人民币以上。

除了坚持建设超一流硬件，他屏蔽噪声，坚持了如下办学原则：赤裸裸的小班导师制精英教育，每年全国招生不超过三十人，建校百年，毕业生不足三千人；赤裸裸的领袖型全才教育，要求学生必须有三年生物系学习经历，贯知天地草木禽兽，在医学院本院，必须医、教、研兼修；全球视野，全球招聘教授，英文教材，英文教学；淘汰制，为了培育医疗智慧，不惜极限加大学业压力，不惜压榨学生的青春和健康，多数医大学生呈现黑暗枯黄“协和脸”。补充一点，这样一个按照当时世界最高标准建立的医学院，第一任校长，他挑了一个叫 Franklin C. McLean（麦克林）的二十八岁小伙子。

一百年之后，就事儿而论，小洛克菲勒坚韧耐烦、劳怨不避地创立北京协和医学院及其附属协和医院这件事儿，很有可能是人类有史以来最大的慈善事业。这个每年毕业生不足三十人的小医学院，这个设计规模不足三百床的小医院，历经“一战”“二战”“内战”“军管”“文革”，衍生出来中国医学科学院、中国预防医学科学院、中国军事医学科学院、中国人民解放军总医院。一部协和史，就是大半部中国现代医史。很难计算这一百年来协和一共救了多少人，延长了多少人多少年的生命，提高了多少人多少年的生命质量，但是，在我有限的认知里，我不知道有史以来有另外哪个项目有大于此的福德。

一百年之后，就东单和王府井之间的百年时空而论，北京协和医学院是最具揭示意义的现实版坛城，创造、保护、毁灭、再创造、再保护、再毁灭，绝望后再有希望，希望后再绝望，在似乎万劫不复的轮回中，看到不绝如缕的智慧和慈悲。尽管诸事无常、诸法无我，我还是看到他用一己之力创造了一个似乎超越了轮回的存在。

作偈曰：

僧侣们敲碎巨大、复杂、优美的坛城，

仿佛一切都不曾发生，

坛城的碎沙也在一刻不停地形成下一个坛城。

托小洛克菲勒的福德，从一九九〇年到一九九八年，我在协和念书，最常出入东单三条九号院和中国医学科学院基础所那栋苏式的七层楼。毕业之后，我一直想有个类似九号院和基础所的物理空间，作为非官方校友会，校友们能时常出入，能想起过去的宿舍，能追忆从前，能对着协和和紫禁城的屋顶发呆，能一起打牌、扯淡、喝酒、吃盒饭，当然，也免不了聊聊古今、天人、疾病、生死、科技、医疗。尽管和他当初面对的困难没法比，我还是折腾了小一年，感谢诸多亲友的帮忙，“九号院”在二〇一七年十二月三十一日协和百年的最后一天启用，从真正的东单三条九号院走路几分钟就到。站在“九号院”的窗边，看得见协和和紫禁城的屋顶，似乎看得见生老病死，似乎又悲催地想起老教授们的叨叨：如临深渊，如履薄冰；学不贯今古，识不通天人，才不近仙，心不近佛者，宁耕田织布取衣食耳，断不可作医以误世。

我以前似乎从来没做过类似不计回报的事儿，从这次开始，我开始相信念力，开始相信一粒渺小的沙子也有它自己的力量，开始相信一些超越轮回的美好总能用某种形式接续。

二〇一八年，协和新的百年的开始，愿我们继续有一颗偶尔十八岁的心，“愿你出走半生，归来仍是少年”。

我们如何做慈善？

我上的协和医学院是洛克菲勒二世拿洛克菲勒一世的钱盖的。一百年来，这个医学院的毕业生不到屈屈三千人，但是在很大程度上促进了这个世界上人口最多的国家变得更加健康。我写过一篇《我们为什么做慈善？》，从让世界变得更美好的效果来看，我猜测，兴办协和很有可能是人类有史以来最大的慈善事业。

写完《我们为什么做慈善？》之后，有个问题一直在我脑海里：我们理解了做慈善的必要性之后，我们应如何做慈善？

第一，我们要养成分享的习惯。

在我们活着的时候，习惯性地拿出收入的十分之一来做慈善。

在人类漫长的演化过程中，我们漫长地生活在匮乏之中，我们习惯性地缺乏安全感，如今，我们要学会和这种恐惧做斗争。

一个人的衣食住行其实可以很简单。仔细检点自己，很多人超重，而一天去楼下买一个煎饼就一瓶香槟就足够一天所需的营养，我们不需要那么多食物；很多人衣橱满满，如果不是从事时尚行业，如果只是活到一百二十岁，一辈子不再买任何一件衣服，衣橱里的衣物也足够遮体救寒；北京已经有接近一千公里的地铁，城市核心区乘私家车的速度往往小于徒步、小跑或者快走的速度，打车的服务也越来越快捷、可靠，宅男、宅女如果万一想出行，已经变得挺简单；我问过一个很好的建筑设计师，一个人到底最少需要多少面积住房就可以体面地生活，他很肯定地回答我："十二平方米。"

一个人体面生活之外的钱财都是身外之物，生不带来，死不带去。钱财如果数目巨大，只是成就事功的资源；如果数目不大，都可以拿出来做慈善。如果因为根深蒂固的人性编码，不能全部拿出来做慈善，那就每年拿出收入的十分之一来做慈善。

围绕身外的钱财，我见过很多奇葩。比如，喝不出长城干红、智利干红和 1982 年拉菲之间区别的男子，因为钱花不完，一定要喝罗曼尼康帝（La Romanee-Conti)，而且一定要喝价格最低、最物超所值的罗曼尼康帝。比如，一定要把很多钱留给儿子，惘然不顾把很多钱留给一个资质平平的儿子其实是让他吸引很多骗子然后黯然神伤的最好方式。比如，认为自己是天选之人，所有的道路都光明，所有的桥梁都坚固，结果乱投资，十年前靠运气挣的钱，这几年凭本事都输光了。

每年捐出十分之一的习惯可以从很小的时候开始养成：小时候十分之一的压岁钱，没钱可捐的时候捐出十分之一的可用时间，省下一趟和情人的旅行。

我问过一个富二代："你父亲为什么那么有钱了还是那么贪婪？凭他的智商，这么多钱已经足够让他惹祸上身了。"富二代用了一个比喻回答我："如果一个从小饿大的人，一直吃不饱饭，一生中终于有了一个机会吃自助餐，钱已经交了，人已经在餐厅里了，您觉得他能忍住不往死里吃吗？这其实已经和饥饿本身无关了。"

第二，救急不救贫，授人以鱼不如授人以渔。

某社会科学研究表明，简简单单给穷人一笔钱，不能从根本上改变其穷困的状态。彩票中奖的人或者某天晚上打麻将赢了把巨资的人，之后最常见的结局是又输回去了。

"世间数百年旧家无非积德，天下第一件好事还是读书。"教会贫困的人正确的三观、读书的习惯、做事的常规和方法，他们会自己慢慢战胜贫困。

第三，有钱并不可耻（如果在过程中没破坏国法和江湖道义）。

做慈善，出钱、出力、出资源，在多数情况下，要先致富。多数大慈善家都是大富豪（反之，大富豪多数都是大慈善家，当然不成立)。

第四，慈善机构也要争取盈利。

非营利性机构不等于不盈利，非营利性机构只是不能分红，只是不以利润最大化为第一目的（而是把功德最大化放在首位)。

“非淡泊无以明志，非宁静无以致远。”亚当·斯密说，“商业是最大的慈善”，非营利性机构甚至应该奋力逐利。时间就是生命，效率就是金钱，从管理提升中要价值，从减少浪费中要盈利，能够自己造血的非营利性机构往往才能走得长远。

第五，慈善机构从业人员也要有成事的追求。

慈善也是事业，不是玩票，不是随便干干，不是成不成无所谓。做出大善也是不朽，任何不朽都需要艰苦卓绝的努力。成功不可复制，成事可以修成。

第六，慈善机构从业人员做事情的出发点应该是无我。

做慈善的时候，不要总想着自己如何牛、如何圣母、如何苦行、如何站在道德的制高点俯瞰苍生。做慈善的时候，要多想想他人和事情：他人需要什么？此事为什么重要？此事应该如何做？

第七，慈善机构从业人员也应该过上体面的生活。

慈善机构从业人员应该比的是成就慈善事业，而不是比谁的工作和生活条件更惨。

一世界的油腻，一个人的乐园

二〇一七年八月，我到威尼斯大学交流短篇小说写作，晚上倒时差睡不着，在自己的微信公众号上发表了一篇杂文《如何避免成为一个油腻的中年猥琐男》，主要的目的是自省。文章发出去之后我就睡了，醒来之后发现我的手机已经被我的这篇文章刷屏，无问东西，不分男女，人人自查，人人自危，一周后，从后台看，直接阅读量超过五百万。

为什么会这样？为什么每个人都担心油腻？

是因为这是一个油腻的世界吗？所以世界里每个人都担心自己不能幸免地变得油腻，这种油腻会让人在夜晚独自醒来时六神无主？

是在油腻世界里，人性深处对彼此的恐惧吗？“在一个油腻的世界里，你坚持直立行走而不是在地上爬，就很容易被绊倒；你认真排队，就很容易被插队，赢不了战役也赢不了战争；你抑制自己好胜之心，最可能的结果是把有可能非常美好的世界留给无数二货。”

是因为在这个油腻的世界里，人们欲望的性质庸俗到太油腻了吗？人们欲望的数量多到太油腻了吗？人们满足欲望的方式低到太油腻了吗？“谁说钱是衡量人类的唯一标准？谁说最富的人就是最伟大的人？为什么不能把自己理解不了的美好留给能够欣赏的人？为什么不能把我们今生享受不了的资源留给我们的后代或者来生？”

我问过我老妈：您在生命的尾声，为什么还是那么多欲望？清心寡欲不就不油腻了吗？为什么收拾了三天房间，最后的结果是什么都没扔掉，还捡回了三盆巨大的蟹爪兰？我老妈回答：“我如果没了欲望，我就不是活物了。我生，故我欲。我欲，故我生。生而为人，欲望满身！”

什么是欲望？近观欲望之海，想起了什么？

我想到了如下的词语：沸腾，玄妙，舞夜，繁星，地震，大雨，枯坐，静观，流水，花开，天理，野草，肉香，自然，轮回，无序，不息，凌乱，危险，兴奋，慌张，风暴，彩虹，生机，运动，破坏，寻常，逃脱，无助，潜入，挣扎，扑火，非我，狂喜，活着，妥协，两难，无奈，接受，裂缝，创造，残缺，梦幻，沉溺，虚妄，爆炸，驱动，深渊，希望。

一个人一生努力的目标，是让欲望水波不起？是消灭一切升起的欲望？还是尽力满足一切挥之不去的欲望从而走马一生？

每个人的答案很可能不一样，也不应该一样。世界美好的程度和人类的多样性成正比。

但是，在一个油腻的世界里，在无尽的欲望之海中，可以有个自己的乐园，和其他人无关，和境遇无关，甚至和物质条件无关。

这个乐园可以大到宇宙，以宇宙为维度，你我都是尘埃。

这个乐园可以是百平方米方圆。

抄诗处。眼。书房。神交。在书房，古今中外伟大而独特的灵魂通过文字、经过眼睛、蔓延到手、抵达心灵、纠缠魂魄。

游魂处。身。卧室。意淫。在卧室，肉身滚床单，魂魄暂别肉身，自由自在，去它自己想去的地方，我想你，和你无关。“休说万事转头空，转头之前皆梦。”

时忘处。意。禅室。物哀。在禅室，器物减到不能再减，欲念忘到不能再忘，剩下的器物是什么？剩下的欲念是什么？剩下的你是你的哪个部分？

撕经处。耳。浴室。扯脱。在浴室，扯脱衣物，坦诚自见。经不能不念，但是经不是佛。衣物不能不穿，但是衣物不是真我。脱衣如撕经，洗肉身如洗尘世。

不醒处。舌。餐厅。醉归。在餐厅，如果不能饮酒，为什么要做成年人？如果菜不好，喝酒。如果酒不好，再多喝点。总能接近开心。醉鬼，醉归，明月随我，一去不回。

落魄处。鼻。花园。无我。在花园，世间的草木都美，人不是。中药皆苦，你也是。无论如何，不知为何，花总是能治愈。我不在的时候，请自行进入我的花园。

这个乐园当然也可以很小，小到一个长期的爱好、一个你爱也爱你的人、一个理想、一场雨、一个钵。

一钵即生涯，随缘度岁华。
是山皆有寺，何处不为家？
笠重吴天雪，鞋香楚地花。
他年访禅室，宁惮路岐赊。

愿你和我一样，有个或大或小的自己的乐园。

附录：生命不尽，欲望不尽

——答《冯唐乐园》展览

1. 什么是你心中的“乐园”，能否从空间和精神两个角度说明一下？

简单说，在一个油腻的尘世，一个渺小的个人的渺小的乐园就是个人渺小的灵魂和肉身舒适沉溺的地方。

2. 色欲是欲望中非常重要的一种，艺术在很大程度上也是在视觉愉悦上建立的。此次展览我们将你的文字和艺术作品结合，你是如何理解这种基于视觉和观看的欲望的？

我不是学中医的，也不是中医迷，但是我听一个老中医说：眼睛是人体第一大穴，人要学会如何开以及适时闭。

相对其他感官，人类从视觉得到的信息似乎最多、最直接，但是，这些信息不是全部，远远不是。

3. 如果能把欲望寄托在一件器物上，你会选择什么？

一钵。一个又能喝水、又能喝酒、又能吃饭、又能接受施舍的钵。如果是宋代建窑的就更好了。

4. 常常在电视节目中看到你有燃香的习惯。燃香对你而言意味着什么？你常燃的香是什么味道？

嗅神经是人类十二对中枢神经中的第一对，也是最古老、最隐秘、最难以描述的神经。我基本能淡定，有很好的睡眠，哪怕面对最美的庐山烟雨、最猛的浙江潮。但是我不能淡定的时候，失去睡眠的时候，焚香能帮助我。我焚沉香原木的时候比较多，线香或香粉或合香的时候少。

5. 当你独自在寺庙中，你最想听到什么声音？

风声，雨声，小童散场声，松声，雷声，竹叶声，落叶声，脚步声。

6. 为什么觉得煎饼加香槟是绝配？为什么对煎饼有如此深的感情，以至于立志七十岁以后做出北半球最棒的煎饼？

煎饼可以一饼而独立，一饼治愈所有人类个体的饥饿（煎饼基本款是素的）。香槟可以一酒而独立，一酒消灭所有人类个体的愁苦。几乎没有饥饿是可以拒绝煎饼的，几乎没有香槟是难喝的。

我二十七岁前，很多饥饿是煎饼救的。直到今天，我很多愁苦是香槟救的。我今生或者来生酿不出好的香槟，但是我想，我或许能做出北半球（那就是全球啦）最好吃的煎饼。我要用北京协和医学院的精益求精和麦肯锡的战略眼光来尝试这件事，请给我一点时间。

7. 此次展览的餐厅部分，我们将展出艺术家以传送带演绎的当代版“曲水流觞”，你如何理解“曲水流觞”的当代意义？

好东西不分古今中外，好东西只反复触及人类。曲水流觞，生命不尽，流水不尽，欲望不尽，酒不尽，人不尽。

8. 你对浴室给出了“撕经处 · 扯脱”的解读，在你的文章中也常见“扯脱一下”这样的表述。“扯脱”的含义是什么？它跟浴室这样的空间有着怎样的联系？

脱。脱下你认为你不能脱的，脱到你认为脱不下为止，然后再脱一件。坦诚面对自己和世界，认真想想，为什么不能坦诚。

9. 有人说想象中的触摸才是最性感的。你认为视觉或文字带来的触感与真实的触感是否有落差？

那么说的人是没真的快活过。触觉之美，无可替代。其他间接而来的触感，都是二流，包括文字。

10. 你对佛像的审美有哪些喜好或标准吗？是否有某一类别或某一朝代的佛像特别吸引你？你的佛像收藏是否也按照某种线索进行组织？你对佛教的某个分支，如藏传佛教，会感到特别亲近吗，还是在更广泛的意义上理解和接受着佛教呢？

我对于佛像的审美非常简单而宽泛：能让我体会到真佛的，就是好佛像。我大爱中国北朝佛像（超过印度和东南亚的所有佛教古美术），乱世佳人，人生真谛。我没有什么佛像收藏。我对于佛教理解甚少。我更喜欢把佛法当作一套三观，我更喜欢原始佛教的四圣谛，我更喜欢琢磨打到我身上的佛法。

11. 你是否有过求不得，被欲望折磨的经历？那个欲求的对象是什么？

当然，太多了。一个包子，一套书，一个版面，一个考试第一，一件新衣服，一个女生，一笔钱，一件古美术，一部长篇小说的完成，一个十公里跑完，一个更好的医院的诞生，一个团队的崛起，一个轮回的平稳，一朵花开，一场瘟疫的过去。

12. 你曾说欲望就像个大毛怪。在你心中这个大毛怪有着怎样的长相呢？你在怎样的境遇下找到了和大毛怪和解的方式？

大毛怪就像或者就是所有的阴影。有光就有阴影，大毛怪的样子就是所有阴影加总的样子。

我一直忙碌，一直看准地面、发足狂奔，大毛怪似乎就不会太烦我了。但是它永远不会掉队，它一直等你不忙或者虚弱的时候，就会出现在你眼前。

和解的方式非常简单，拿起、放下，多拿起一阵，多不忍心依旧放下。这样，大毛怪就不会真的变成一个吞噬一切的怪物。

13. 面对被各种欲望绑架的当代人，你有哪些建议？

追逐欲望，使命必达，道路本身会教会跑者一切。

应云何住，云何降伏其心

1

致疯子们

那些格格不入者

那些叛逆者

那些麻烦制造者

那些方孔里的圆钉

那些另眼看世界者

他们不喜成规

他们不敬现状

你可以引用他们、否定他们、夸奖他们、诟病他们

但是你无法忽略他们

因为他们改变事物

因为他们推进人类向前

或许有人把他们当成疯子

我们视他们为天才

因为人只有疯到认为自己可以改变世界

才是最终改变世界的人

—— *Steve Jobs* Chapter 25 *THINK DIFFERENT: Here's to the Crazy Ones*

2

看各地墓葬，哪怕是蕞尔小国的曾侯乙，都拼命给自己造老大的陵墓，拼命往陵墓里塞东西。到了后世，这些东西被挖出来，用文物贩子的语言形容，都是“一坑一坑的”。

人是有多不想死啊？人是有多恋物啊？

看二十四史，即使是在东晋十六国、五代十国等著名的乱世，一拨儿又一拨儿的武将文臣似乎毫无风险意识地出人头地。“男子不

能流芳百世，亦当遗臭万年！”说这句话的大将军桓温在世时呼风唤雨，差点被禅让，但是死去一千六百多年后，一千个人里知道他的不会多于一个人。

人是有多想牛啊？人是有多想不朽啊？

二〇一一年三月二十三日，江西文物部门接到群众举报，在南昌市新建县大塘坪乡观西村老裘村民小组东北约五百米的墎墩山上，一座古代墓葬遭到盗掘。经过五年的抢救性挖掘，挖出文物约万件，出土了大量带有“海”“昌邑”“海昏侯”等字样的漆器、青铜器、印章和木牍，特别是内棺中提取了标注有“刘贺”两字的玉印，所有信息提示，墓主人就是西汉第一代海昏侯刘贺。

罗袂兮无声，

玉墀兮尘生。

虚房冷而寂寞，

落叶依于重扃。

望彼美之女兮，

安得感余心之未宁？

——汉武帝刘彻《落叶哀蝉曲》

在我心目中，刘彻这首情诗写得比绝大多数真假六世达赖喇嘛仓央嘉措的情诗要好很多，很好地表达了亘古以来男人对于某类女人的思念，尽管我不知道诗里思念的那个女人长得什么样，但是我知道她一定美得迷死人不偿命。刘彻和他在这首诗中思念的大美人李夫人生了刘髆，刘髆生了刘贺，刘贺是刘彻的孙子。

海昏侯刘贺的独特之处在于五岁为王，十九岁为帝，二十七天后被废，被幽禁十一年，三十岁时被封为侯。《汉书》记载，这个熊孩子在为帝的二十七天里做了一千一百二十七件荒唐事，就算二十七天里完全不合眼，平均一个小时干一点七件荒唐事。这些荒唐事包括：到处乱跑、开快车、半天能跑二百里地，求购长鸣鸡，向长安奔丧途中私载妇女，到了长安城郭门和城门不哭，进了未央宫之后淫戏无度，喝很多酒，招猫逗狗斗虎斗豹，等等。

出土文物的级别跨度极大，有些极其精美，有些明显糊弄，从帝王级到侯级都有明确的典型器物。这从另一个侧面见证了刘贺起起伏伏的一生。

3

二〇一二年，某日，我问罗永浩：“为什么要做手机？”

罗永浩反问："如今你每天摸哪件事物最多？我要改变那个事物，我就要改变那个事物。"

那次聊天之后，我第一次认真审视周围的现世，现世似乎已经大变。

我在网上买衣服多于在实体商店了。

我叫外卖多于在煎饼摊前等了。

我坚持在住的地方不装电视、不装网络，尽管我也不清楚为什么要坚持。我最引以为傲的倒头就睡黑甜觉的能力竟然也受到了手机的冲击，我在二〇一七年的夏天再次启动我凶残的意志力，争取形成一个习惯：厕上、枕上、马上，不看手机；再加上，聚会酒肉聊天时，不看手机。这个看似简单的习惯，我估计，一千个人里能做到的不超过一个人。

我在智能手机上下载了程维和柳青出生入死与旧势力殊死搏斗而长成了的滴滴，再不用在路边扬手召唤出租车并和出租车司机四目相对了。我还打算试试共享单车。我喜欢共享单车漫天遍野的黄色，让我想起二十多年前北京漫天遍野的面的。

私营书商很多倒闭了，剩下的基本都被抓了，没被抓的有数的几个都在积极排队上市以及涉足影视、网剧和游戏。我问做过多年时尚杂志的徐巍："纸质杂志还有戏吗？"徐巍说："怎么可能还有戏，你看路边报刊亭还有几个？”

路边报刊亭倒是还剩几个，一大半空间在卖饮料、零食、多肉植物。我买了一块烤白薯，零钱不够，报刊亭主说：“可以微信支付或者支付宝。”

4

二〇一七年七月十三日，美国 FDA 肿瘤药物专家以十票赞成、零票反对的结果支持诺华制药的 CAR-T 细胞免疫疗法上市，用于治疗儿童和青少年急性淋巴性白血病。治疗的原理并不复杂：从癌症病人身上获取免疫 T 细胞；用基因工程技术给这些 T 细胞加上一个能识别肿瘤细胞并激活 T 细胞的嵌合抗体，使得这些 T 细胞变成能发动自杀性袭击的 T 细胞；体外培养，大量扩增这些 CAR-T 细胞；输回病人体内；严密监控免疫治疗的副作用，抑制细胞因子风暴。

杨先达说，癌症在迅速变成一种常见病、慢性病和可治愈疾病。

杨先达是我在协和的大师兄，对于女人的审美常年和我高度一致，他在二十世纪八十年代就在 *Science* 杂志上发表了用计算机模拟人类神经网络的文章。在我认识的活人里，杨大师兄是获得学位最多的人。我问他：“这个事实说明你是特别聪明还是特别愚钝？”杨大师兄反问："师弟你写了这么多关于人性的书，你是活明白了还是一直明白不了？"

在夕照寺，在四下无人的一个短暂的下午，杨大师兄和我说，他发明了一种绝对有效的癌症疫苗，对于没得癌症的人效果绝佳，对于已经得了癌症的人也相当有效，但是这个疫苗一定通不过国内的法律法规。杨大师兄还和我说，他已经给自己打了，问我要不要打，而且可以打折。我问，疼吗。他说，有十五分钟类似于被大马蜂蜇了一样的疼痛，然后就没事儿了。

二十年前，我毕业论文探讨的是卵巢癌的肿瘤发生学，正是因为觉得癌症调控之下死亡无法避免，才没继续做医生；二十年后，似乎各种迹象表明癌症可以被治愈。

问题来了。如果癌症能被治愈，人类就向永生迈进了一大步，那退休制度该怎么调整？婚姻制度该怎么调整？更大范围的人生观、世界观、价值观该怎么调整？房价该怎么变？古董价格呢？

二〇〇〇年面试麦肯锡的最后一道题是：如果出现一种技术，能够把原油从地底下零成本移到地面上来，而这种技术的发明者把这种技术无偿公之于众，我们的世界将如何改变？

二〇一七年面试试题可以改成：如果二〇三〇年，人类实现永生以及无技术障碍任意编辑受精卵，我们的世界将如何改变？

5

二〇一四年，我搬离深圳。离开深圳三年之后，出于各种原因又要常去深圳。我忽然发现，一个地方，只要靠近海洋、建个机场、给个三十年稳定的好政策，就会变成一个异常丰腴的好地方。土地有时候和人类一样健忘，有时候比人类更有生命力。

如果想在中国找一个城市设总部，想把东西卖到世界各地，那个城市一定是深圳，不是上海。上海是外国人把东西卖到中国各地的城市。

我在深圳的最东边参加一个国际基因组大会，组织机构的首席科学家和创始人之一杨焕明老师是我在医学院上学时的遗传学教授，而做具体项目的负责人每个都比我年轻很多。

基因解读的项目负责人说，要把大数据的思维用在医疗上——很多病不知道深层原因只是因为积累的数据不够多，如果有足够多的钱去采集足够多的关联性很强的数据，以十万、百万计的样本量就能揭示很多病因的秘密。统计学的各种工具我们早就有了，就是没有足够多的数据。现在，全基因组测序的成本不到一百美金，将来可能变得更低，把全部冰岛的人口都测一遍也花不了多少钱。基因编辑的项目负责人说，如果知道了病因的秘密，在我们都看得到的将来，通过基因调控很可能根治这些疾病。

我一边替病人开心，一边跳出来想，自然的调节能力在人类面前完全丧失之后，世界会是什么样？

晚上吃饭，遇到十多个常在深圳的富二代，俊男靓女，彬彬有礼，有胸有脑，懂酒懂金融，似乎没有一个有海昏侯的潜质。我一边替他们父母开心，一边跳出来想，如果百年内不革命，普通年轻人怎么和他们竞争呢？再加上基因编辑技术，普通年轻人的下一代怎么和他们的下一代竞争呢？

6

二〇一七年，某日，小蒋在湾区苹果总部的食堂请我吃饭，除了食堂里有的，还给我带了苹果总部附近小店卖的陕西肉夹馍。我们成了在苹果食堂里吃肉夹馍的唯一一桌。

硅谷里的苹果食堂和大城市核心区的苹果展示店，应该是一个设计团队做的：玻璃、水泥、挑空，尽量少的色彩。

小蒋啃着肉夹馍说：“如果有足够多的数据，你的手机比你更懂你自己，比你心思最缜密的女朋友更懂你自己。未来的手机就是一个数据收集器，你怎么拿手机，手指用什么力度和频率碰了屏幕什么地方停留了多久碰的什么内容，你的心跳变化，你的眼球运动，你的表情变化，等等，都会被记录下来，然后被存储、被分析、被综合、被解读、被利用。苹果手表以及以后的可穿戴设备、可植入人体设备（脑机接口也离实用阶段没几年了）、智能家电、智能汽车都是数据收集器。乔布斯在死前似乎悟到了一件事，我来替他说一下啊，恒河沙就是数据，无尽的数据就是大千世界，对无尽数据的有效分析就是道。以后类似我们苹果公司这类伟大的公司就是佛一样的存在。”

我说：“那 iCloud 为什么不免费无限量提供？明显犯了和微软 Office 软件不免费类似的错误。因小失大。另外，如果深度思考，怎么能确定苹果这类公司是佛不是魔？你知道吗，我现在几乎看不到新闻了，我看到的都是新闻 App 认为我想看的。比如我手欠点了一下兰博基尼的视频，之后总是出现超跑的内容；我点了一下杨幂，之后总是杨幂到底有没有离婚。我去，一个新闻 App，这么顺着我有什么意思啊？你想想啊，之后的世界，除了人民日报和 CCTV，就是一群顺着我的阿谀奉承类 App、总想从我这里掏走钱或时间的奸诈小人类 App，这是一个什么样的世界啊？如果我使用手机的数据经分析得出结论，我喜欢御姐、SM，然后就一直推送和辅助我接触类似内容，这样的公司是佛还是魔？这样的公司如何定义恶？如何自己守住自己不作恶？”

小蒋默默地又啃了一口肉夹馍，我也默默地啃了一口肉夹馍。

7

公元前二二一年，秦始皇统一中国，不设诸侯，分天下为三十六郡，郡置守、尉、监，皇亲国戚主要有功家族用公钱重赏，收缴天下兵器，统一度量衡，统一文字，统一车辆标准和道路标准，徙天下豪杰十二万户到都城咸阳。

此后，秦始皇死后很多年之后，秦朝灭亡很多年之后，公元一九七三年八月，毛泽东主席写了一首七言律诗《读〈封建论〉呈郭老》：

劝君少骂秦始皇，焚坑事件要商量。
祖龙魂死业犹在，孔学名高实秕糠。
百代都行秦政法，十批不是好文章。
熟读唐人封建论，莫从子厚返文王。

8

二〇一五年，我搬回我的出生地，我老妈住在我隔壁的小区。我老妈能量太大，我逐渐有了自我意识后，先是不能和她住在同一间屋子，然后是不能住在同一套房子、同一个楼、同一个小区。德不孤，必有邻，我哥比我更敏感，他不能和我老妈住在同一个城市。二〇一六年，我老爸走了之后，我觉得有义务更经常地去看看我老妈，一块儿喝口酒。她在八十岁之后，发生了一些变化，比如酒量终于比我差了，另外的变化包括：不会用惊叹号之外的标点符号了，衣服只爱大红色了。她如果变成植物，整个地球上应该没有比她更红的花儿了。她继续保持她的语言天赋，我把她的金句加工成书面语言之后，很多人粉她，其中包括不少恨我的人。

老妈喝了一口龙舌兰酒，告诫我："你现在说话越来越有人听了，你要更加小心。做人要圆滑。别人不爱听的，不要说，尤其是那些人比你腰粗的时候。骂人也要在心里骂，骂得多了，他们也能听见，他们又没证据，只能干着急。"

我问老妈："现在好还是过去好？"

老妈反问："有什么区别吗？"

我被问住了。

一九七一年我出生，那前后，有很多文人死掉，有很多票，光有钱没有用，比如粮票、油票、肉票、布票、肥皂票、糖票、豆腐票、月经带票等。

二〇一七年的某日，我和我老妈喝龙舌兰酒，扯淡。在这前后，有很多许可证，光有钱没有用，比如“信息网络传播视听节目许可证”“出版物经营许可证”“国产电视剧发行许可证”等。

一九七一年，我们共享空气和水。二〇一七年，我们在自己的住处装了空气净化系统和水净化系统，我们共享汽车、自行车、充电器、雨伞、景区房间。一九七一年，打倒一个走资派，我们叫好。二〇一七年，抓走一个贪污犯，我们叫好。

我和小蒋在苹果总部分手的时候，下了小雨。小蒋说：“在这里，我们相信：科技的进步能打破一切壁垒，政治的、经济的、文化的、宗教的、人种的；科技的进步加上足够的钱（如果是无穷无尽的钱就更好了）就能解决一切问题，让世界更美好。比如，如果人类喜欢言论自由、信息自由，那就发射几十颗卫星，在天上组网，提供免费无线互联网接入。”

我反问：“科技领导一切就能避免任何‘一个’事物领导一切造成的问题吗？你提供全球免费无线互联网接入，你无时无刻不收集数据，你用你的算法支持地球上任何一个地方的选举，岂不是你支持的人有很大的概率可以获胜？地球不是要进入一个被算法统治的时代吗？就像现在这个实际负利率时代，银行乐得免费给每一个地球人一张信用卡，让全地球人的生活目的变成买、买、买。”

9

二〇一七年三月三十日，我收到一份商业建议书：“汇报一下工作，我们做了一套体感互动的情趣软硬件，功能研发已经完成。以此为基础，现在在海外法律许可的区域市场以联合运营的方式做‘成人视频互动娱乐平台’。软件平台已经迭代到了第三版，硬件样品已经出来了，有了投资就可以量产。翻译成人话，我们要做一个‘全球二十四小时的线上成人影院’。”

我忽然想，上次我大面积的皮肤接触、全身心地大面积的皮肤接触另一个人类是什么时候？

手我是有的

就是不知如何碰你

——顾城

小宇宙强大高于一切

冯唐

10

面对阿尔法狗，我有点慌，但是没急。作为一个码字半生的手艺人，我苦苦思考，在这个大趋势下，应该如何困兽犹斗。写作的过程无法视频化。我写作不挑时间和地点，只要有点空余时间，打开电脑，我就能写，最好周围没人，我能穿个大裤衩子和 T 恤衫，最好能有瓶好红酒或是威士忌，一边喝一边写。我想象那个镜头画面，毫无美感，一个穿着大裤衩子、驼着背的瘦子在手提电脑前手舞足蹈，以为电脑是钢琴，以为自己喝高了就是李白。但是收集写作素材的过程倒是可以视频化：我走访小说的原型，看看他们生活的环境，和他们好好聊聊天、逗逗逼、喝喝酒，探讨一下他们心灵深处的人生困扰。

二〇一五年年底的时候，我决定做个视频节目，叫《搜神记》。当时没有特别明确的意识，现在回想起来，我想做的是：借助神力，面对机器。

搜神记：搜，搜寻，找寻，探寻，挖一挖人性中最深的无尽藏；神，神奇，神圣，神经，神秘，那些有一些非普通人类特质的人，那些似乎不容易被机器取代的人，那些或许可以代表人类战胜阿尔法狗的人；记，我穿着大裤衩子、就着酒把搜罗的神力写下来。

经过几轮沟通，腾讯视频敢突破、敢尝试，决定做，马自达决定总冠名。

从制作视频，到播出，再到写短篇小说集，前前后后持续了一年半左右的时间。小说集定稿之后，我又看了一遍，我想我可以坦然面对机器了，阿尔法狗的出现并没有动摇佛法的根本或者世界的本质，按照四圣谛去耍，阿尔法狗也可以变成像阿猫阿狗似的宠物。

第一，阿尔法狗们能做的事儿，就让它们去做吧，既然它们能做得比人类好很多。就像四十年前有了电子计算器之后，没事儿谁还手算、心算四位数以上的加减乘除开方乘方啊。就像现在多数人类不再关心温饱一样，未来多数人类也不用关心现在常见的工作。未来，有机器干活儿，人类不需要做什么就可以活。

第二，阿尔法狗们能做的事儿，如果你做起来开心，你就继续做吧。人类早就跑不过汽车了，但是不妨碍很多人热爱跑步。围棋还是可以继续下，继续在里面体会千古兴衰一局棋。阿尔法狗在，反而更容易让人意识到，很多事，游戏而已，何必张牙舞爪丢掉底裤。

第三，很大比例的人类要在机器抢走他们的工作之前，抓紧学习，学会消磨时光，学会有趣，学会独处和众处。这件事儿现在不做，退休前也得做，晚做不如早做。最简单的方式是看书和喝酒，稍复杂一点的有旅游、养花、发呆、写毛笔字和研究一门冷僻的学问（比如甲骨文或者西夏文字）。

第四，对于极少数的一些人，那些如有神助的极少数人，可以考虑从三个方面在阿尔法狗面前继续长久保持人类的尊严。一是多多使用肉体，打开眼耳鼻舌身意，多用肉体触摸美人和花草。这些多层次的整体享受，机器无福消受。二是多多谈恋爱，哪怕坠入贪嗔痴，哪怕爱恨交织，多去狂喜和伤心。这些无可奈何花落去，机器体会不了。三是多多创造，文学、艺术、影视、珠宝、商业模式。尽管机器很早就号称能创作，但是做出来的诗歌和小说与顶尖的人类创作判若云泥。

《搜神记》小说集里的所有故事，描述的都是这些似乎“我眼有神，我手有鬼”的人，这些人用兽性、人性、神性来对抗这个日趋走向异化的信息时代。

或许就在我敲击苹果电脑键盘、写这篇文章结尾的时候，人类每天记录的数据量超越了恒河沙数。

“须菩提，如恒河中所有沙数，如是沙等恒河，于意云何？是诸恒河沙，宁为多不？”

须菩提言：“甚多，世尊。”

“但诸恒河尚多无数，何况其沙。须菩提，我今实言告汝，若有善男子、善女人，以七宝满尔所恒河沙数三千大千世界，以用布施，得福多不？”

须菩提言：“甚多，世尊。”

佛告须菩提：“若善男子、善女人，于此经中，乃至受持四句偈等，为他人说，而此福德，胜前福德。”

——《金刚经·第十一品》

冯唐作偈曰：

生而为人，用好肉身。

此具肉身，包括灵魂。

肉交神交，度己度人，

酒足饭饱，关机睡觉。

图书在版编目（CIP）数据

有本事 / 冯唐著.—北京：北京联合出版公司，2021.7（2025.10重印）
ISBN 978-7-5596-5314-7

Ⅰ.①有… Ⅱ.①冯… Ⅲ.①随笔–作品集–中国–当代 Ⅳ.①I267.1

中国版本图书馆CIP数据核字（2021）第093017号

有本事

作　　者：冯　唐
出 品 人：赵红仕
责任编辑：龚　将

北京联合出版公司出版
（北京市西城区德外大街83号楼9层　100088）
河北鹏润印刷有限公司印刷　　新华书店经销
字数182千字　880毫米×1230毫米　1/32　印张10
2021年7月第1版　2025年10月第19次印刷
ISBN 978-7-5596-5314-7
定价：58.00元
